Akte X Hannover

Über das Buch:
„Schreiben Sie mit an der Akte X Hannover" – damit forderte die Buchhandlung Schmorl & von Seefeld gemeinsam mit Books on Demand im Jahr 2005 zum zweiten Mal zum Krimiwettbewerb auf. Und wieder nahmen zahlreiche Hannoveraner die Ermittlungen auf. Eine Jury wählte aus vielen spannenden Beiträgen die zehn besten Kurzkrimis aus, die nun in dieser Anthologie versammelt sind – und die alle ein ganz besonders mörderisches Hannover-Feeling verbreiten, egal ob bei Anschlägen im Regenwaldhaus, einem Leichenfund in der Fontäne der Herrenhäuser Gärten oder unerklärlichen Vorkommnissen auf der Lister Meile. Nicht nur für Hannoveraner ein Muss!

Die Autoren:
Peter Claus, Birgitta Hennig, Rebecca Jarosz, Vroni Kiefer, Melanie Pfannmoeller, Melanie Pohl, Katrin Steidel, Sven Thomfohrde, Julia Vogt und Heike Zieße sind Preisträger des von der Buchhandlung Schmorl & von Seefeld und BoD ausgeschriebenen Schreibwettbewerbs »Akte X Hannover«.

Akte X Hannover

Die spannendsten Kurzkrimis des 2. Schreibwettbewerbs
der Buchhandlung Schmorl & von Seefeld

Bibliografische Informationen der Deutschen Bibliothek:
Die Deutsche Bibliothek verzeichnet diese Publikation in der Deutschen
Nationalbibliografie; detaillierte Daten sind im Internet über
<http://dnb.ddb.de> abrufbar.

Herausgeber:
Schmorl & von Seefeld Medienhandelsgesellschaft mbH
Bahnhofstraße 14
D - 30159 Hannover
Tel.: 0511 / 36 75-0
Fax: 0511 / 32 56 25
www.schmorl.de

Herstellung und Verlag:
Books on Demand GmbH
Gutenbergring 53
D - 22848 Norderstedt
Tel.: 040 / 53 43 35-0
Fax: 040/ 53 43 35-84
www.bod.de

© 2005 Schmorl & von Seefeld Medienhandelsgesellschaft mbH
© der Einzelbeiträge bei den Autorinnen und Autoren
Umschlaggestaltung: Books on Demand, Norderstedt
Umschlagfoto: Friedhelm Mörke
Satz: Matthias Stolle, Stuttgart
Printed in Germany

ISBN 3-8334-4052-X

Inhaltsverzeichnis

Liebe Leserin, lieber Leser,

in Hannover wurde wieder gemordet – doch zum Glück nur auf dem Papier. Nach der überaus erfolgreichen Premiere luden wir die Hannoveraner erneut ein, die Ermittlungen aufzunehmen und uns zu zeigen, auf welch brandgefährlichem Pflaster wir uns tagtäglich bewegen. Und schon wie beim letzten Mal überraschten sie uns mit Ideenvielfalt, schriftstellerischem Talent und ihrem Gespür für den Tatort Hannover!

Unsere Jury hatte dabei die schwierige Aufgabe, aus den vielen Einsendungen jene zehn Beiträge auszuwählen, die ganz besonders durch Spannung, Originalität und den Hannover-Bezug überzeugten. Wir finden, die Auswahl ist geglückt und freuen uns, Ihnen auch in diesem Jahr neuen spannenden Lesestoff aus Hannover zu bieten.

Aber nicht nur neue Geschichten, auch neue Autoren gilt es zu entdecken! Hielten sich im letzten Jahr Männer und Frauen die Waage, so siegten dieses Mal hauptsächlich weibliche Schreibtischtäter. Und auch der Anteil an jungen Autoren war bemerkenswert. Wir hoffen, ihnen allen bietet der Wettbewerb eine Plattform für ihr weiteres schriftstellerisches Schaffen – das sie in der Ihnen vorliegenden Anthologie bereits eindrucksvoll unter Beweis stellten.

Doch lesen Sie selbst und entdecken Sie Hannover von seiner mörderischen Seite – wir wünschen Ihnen eine spannende Lektüre!

Todesstengel
Sven Thomfohrde

Das Weiß der Blüten zerfließt in ein zartes Rosa, das in wollüstigem Violett aufgeht, um dann in Flammenrot aufzulodern. Ihre Finger gleiten über die Seiten des Bildbandes, folgen den Konturen der Kelche, als könne sie die Orchideen liebkosen. Ihre Augen glänzen. *Schönheit, die sich spiegelt.* Sie schlägt das große Buch zu.

Exotische Blumen, liest er auf dem Umschlag, von dort aus, wo er steht, einige Schritte entfernt, in einer dunklen Ecke, im Schatten.

Du lebst im Schatten. Dieser Gedanke amüsiert ihn. Er sieht, wie ihr Blick umherwandert, aber er bewahrt Ruhe. *Hier bist du sicher.* Überall steht er im Schatten, selbst im Neonlicht, an anonymen Orten, unter freiem Himmel.

Denn du bist unsichtbar. Er hasst die Menschen nicht, wenn sie durch ihn hindurchsehen. *Ganz im Gegenteil.*

So kann er sie jetzt anschauen, ohne aufzufallen, kann sehen, wie sie ihr langes, schwarzes Haar glättet.

Den ganzen Tag über ist er ihr gefolgt.

Denn sie ist das Opfer.

Er weiß es seit dem Anblick ihrer Elfenbeinhände, ihrer Haare, seitdem er sich in ihr Leben schlich.

Doch er kann nicht länger der stumme Beobachter sein.

Du musst endlich den Schritt wagen.

Zeit, aus dem Schatten zu treten.

Viola schaute auf. Sie spürte Blicke, die sich in ihren Nacken bohrten, und sah sich in der Buchhandlung um. Hatte sich dort jemand hastig abgewendet? Viola blinzelte, sie würde bald eine Brille tragen müssen. Die Anmut der Blumen, ihre Zartheit, die sie als Studentin untersuchte, am Institut für Botanik, erschlossen sich nur einem klaren Blick.

In diesem Moment tippte ihr jemand auf die Schulter.

»Hallo!«, sagte er, ohne sein Lächeln abzulegen. »Ich hoffe, ich bin pünktlich.«

»Hallo, Professor Marquardt ... Sigmar!«, sagte sie.

Seine Hand schloss sich um ihre Finger. Er betrachtete sie von Kopf bis Fuß.

»Dieses Kleid steht dir ausgesprochen gut. In den Seminaren trägst du immer nur Jeans.«

»Tja«, brachte sie heraus.

Er nickte nachsichtig.

Seine Selbstsicherheit machte sie nervös. Vielleicht, so sagte sie sich, lag es am Altersunterschied.

Er zeigte, die Stille überspielend, auf den Bildband in ihrer linken Hand.

»Ein Buch über Orchideen. Es hat keinen wissenschaftlichen Nutzen, aber die Abbildungen sind gelungen«, sagte sie, ganz die brave Streberin.

»Kommst du oft hierher?«, fragte er.

»Ja, wenn ich mir Lehrbücher kaufe, gehe ich an dieser Stelle vorbei und blättere in den Büchern über Blumen.«

Sie sah ihn an. Er hatte sich gewundert über ihren Vorschlag, sich hier zu treffen. Ein ungewöhnlicher Ort für die erste Verabredung.

Sie sah auf den Fotoband hinab, als hielte sie den Schlüssel zu ihrem innersten Wesen in den Händen. Instinktiv verstand er die Geste.

»Gib her! Ich schenke es dir.«

Sie strahlte, als er sie an die Hand nahm und zur Kasse führte, bezahlte, das Buch in der Tüte von Schmorl und von Seefeld entgegennahm und mit ihr hinaus auf die Straße ging, vorbei an der Kröpckeuhr, in ein nahe gelegenes Café.

Er macht einen sauberen Schnitt. Die Blume, befreit vom schützenden Gehäuse, offenbart ihr Geheimnis. Nun legt er das Skalpell beiseite und ertastet mit den Fingern das Innenleben der Pflanze. *Du hast die Angst besiegt.* Was ihn anfänglich, zu Beginn des ersten Semesters, Überwindung kostete, kann er jetzt ohne Schweißausbruch ausführen. *Jemand, der Angst hat vor Blumen, dass ich nicht lache.* Aber genau so war es, für ihn war das Studium der Botanik zunächst eine Therapie, so wie eine Schlangenphobie durch das Berühren dieser Tiere heilbar ist.

Du bist nicht normal. Aber was war schon normal seit damals, seit dem Tag, an dem er aufhörte, Kind zu sein.

»So, nun können Sie den Blütenkelch vom Stil trennen.«

Die Stimme des Professors dröhnt durch den Saal, reißt ihn aus seinen Gedanken.

Er spürt den Blick von Professor Marquardt, schaut irritiert auf. *Du lässt dich gehen.* Und nun sieht er es: Er hat die Blume mit den Händen zerpflückt. Immer noch starrt er Marquardt an. *Verrate dich jetzt nicht.* Er ringt um Selbstbeherrschung, hofft, dass der Professor nicht den Hass in seinen Augen sieht. *Reiß dich zusammen.* Der Zwischenfall gestern hat ihn aus der Bahn geworfen. *Ausgerechnet Marquardt.*

Sein Blick wandert nach links, zu ihr. Sie lässt sich nichts anmerken, eine ganz normale Studentin, so könnte man denken. Doch seit gestern kennt er ihr Geheimnis.

Auf der Georgstraße war er ihnen ein paar Schritte gefolgt, dann aber stehen geblieben – es war zu riskant. Wenn sie ihn entdeckten, war alles vorbei.

Den ganzen Tag über hat ihn eine Unruhe getrieben, er muss herausfinden, ob sie sich wieder mit dem Professor trifft. Er wartet bis zur Pause, die Studenten verlassen den Laborraum. Sie geht hinaus, ohne Marquardt anzusehen, der unbeteiligt in seinen Aufzeichnungen liest. *Ihr seid schlechte Schauspieler.* Marquardt steht auf und folgt ihr auf den Flur. Nun ist er allein im Saal. Er geht zu ihrem Rucksack, durchstöbert ihn, bis er findet, was er sucht.

In den Händen hält er ihren Terminkalender.

Kommissar Peters schüttelte ihre Hand. Sie setzte sich.

»Was kann ich für Sie tun?«

Viola schaute an ihm vorbei an die Bürowand, suchte nach den richtigen Worten.

»Also, es geht um … Jemand folgt mir.«

Der Polizeibeamte las in ihren Zügen, suchte nach schnellen Antworten. Sie zögerte.

»Wissen Sie, wer das sein könnte?«

Viola schüttelte den Kopf.

»Seit wann haben Sie das Gefühl, verfolgt zu werden?«

Das Gefühl. Er glaubte ihr nicht, das spürte sie, hielt sie für eine Wichtigtuerin.

»Jemand hat meine Sachen durchwühlt, im Seminar, an der Uni, und außerdem spüre ich in den letzten Wochen jemanden in meiner Nähe, als würde man mich beschatten.«

Er nickte, fragte dann: »Sie studieren?«

»Biologie, Fachrichtung Botanik. Erstes Semester.«

Seine Augenbrauen zuckten.

»Es könnte sich um einen sogenannten Stalker handeln.« Seine Stimme klang abwesend, er dachte an etwas anderes. Peters machte eine Pause.

»Ich weiß, was ein Stalker ist«, sagte sie schließlich. »Jemand, der eine Person, besonders wenn sie prominent ist, auf Schritt und Tritt verfolgt, in ihr Privatleben eindringt, und sogar bedroht.«

»Das ist richtig«, erwiderte er; dann schwieg er.

Sie sah ihn an.

»Ist da etwas, was Sie mir sagen wollen?«, fragte sie.

Er strich sich mit dem Zeigefinger über die Nase.

»Ich denke an eine Sache, die etwa ein Jahr zurückliegt. Ein tödlicher Zwischenfall am Institut für Botanik. Eine Studentin starb durch eine Vergiftung bei der Arbeit mit Blumen.«

»Und Sie schließen Mord nicht aus?«

Ihr Tonfall wurde schrill.

»Es gab keine Anhaltspunkte für ein Tötungsdelikt.«

Er zögerte. »Die junge Frau hatte wie Sie lange, schwarze Haare, braune Augen.«

»Wollen Sie damit andeuten –«

»Seien Sie auf der Hut.« Er hob die Schultern. »Das ist alles, was ich Ihnen dazu sagen kann.«

Ohne ein Wort stand sie auf und ging hinaus.

Er steht vor der gläsernen Kuppel, die sich über einen grünen Baldachin wölbt. Das Regenwaldhaus. Tropischer Dunst kondensiert an den Scheiben, rinnt an der Innenseite herunter. Die Blumen kann er nicht sehen, doch er weiß, dass sie dort drinnen in der feuchten Hitze wuchern.

Sie warten auf dich. Der Gedanke daran treibt ihm den Schweiß auf die Stirn. Am Institut, im botanischen Labor, hat er sich unter Kontrolle. Ohne eine Regung der Panik kann er mittlerweile, im dritten Semester, die Blüten und Kelche berühren.

Ursprünglich war dies der Grund für sein Studium, er wollte sich selbst heilen, die Abgründe schließen, wollte sich beweisen, dass er normal war. *Du bist nicht normal.* Immer wieder diese Stimme, launisch und herrisch. Sie sprach zum ersten Mal an jenem Tag, sprach zu dem weinenden Jungen, der das Martinshorn nahen hörte. Er will erst Ruhe geben, wenn sie schweigt.

Mit weichen Knien betritt er den Vorraum, geht zur Kasse.

»Eine Eintrittskarte, bitte.«

Er kann den lockenden Duft der Orchideen riechen, der schwer und süß in der Luft hängt.

Sein Magen krampft sich zusammen.

Alles in ihm sträubt sich dagegen, das muschelförmige Gewächshaus zu betreten, doch er weiß, er muss es tun.

Neblige Hitze wallt ihm entgegen, raubt ihm den Atem, als er eintaucht in das grüne Dickicht. Und dort sieht er sie vor sich. *Schau nicht hin.* Purpurne Münder ranken sich um Äste, schlingen sich um Zweige wie Giftschlangen, pulsieren, strecken ihm gelbe Zungen entgegen, bestäuben ihn. Die Kehle schnürt sich ihm zu, er beginnt zu taumeln, will weitergehen. Doch er bleibt stehen. *Sieh genau hin.* Dort steht sie, genau wie vor fünfzehn Jahren. *Winke ihr zu.* Aber er weiß, es ist nur eine Einbildung.

Das ist nicht deine Mutter. Seine Mutter ist tot.

Nein. *Sie* ist es. Sie sieht aus wie seine Mutter.

Darum bist du ja hier. Weil sie heute hier ist.

Heute musst du es tun.

Er geht auf sie zu, im Schutz der Palmen. Das Messer in der Hosentasche drückt gegen sein Bein, als er die großen Schatten durchquert.

Viola nahm das Handy aus ihrer Tasche.

»Hallo.«

»Hier ist Polizeikommissar Peters. Sie hatten mir ihre Nummer für alle Fälle hinterlassen.«

Ihr Herz machte einen Sprung.

»Um was geht es?«

»Wir haben nach Ihrem Besuch noch einmal die Akten gesichtet. Sie wissen, der Fall vor einem Jahr, unerklärlicher Tod durch Vergiftung, das Opfer eine junge Frau, die Ihnen ähnlich sah.«

»Was hat das mit mir zu tun?«

»Wir haben hier das Foto eines Studenten, wie Sie tätig am Institut für Botanik, aktenkundig wegen auffälligen Verhaltens im Zuge der damaligen Ermittlungen.«

»Verdächtigen Sie ihn, den Mord begangen zu haben?«

»Wir haben keine Indizien«, sagte Peters.

Sie wartete, überlegte.

»Glauben Sie, dieser Student verfolgt mich?«, fragte sie.

»Es ist eine Möglichkeit. Zumindest sollten Sie zum Revier kommen und sich das Foto ansehen.«

»Was ist das für ein Typ? Für einen vagen Verdacht klingen Sie durchaus besorgt. Muss ich mich vor ihm fürchten?«

»Dieser Student scheint gestört zu sein«, sagte Peters. »Nach dem Tod seiner Mutter, den er als Kind miterlebte, kam er ins Heim, beging kleinere Delikte, war zeitweise in therapeutischer Behandlung …«

Doch sie hörte ihm nicht mehr zu, ihr Herz schlug schneller.

»Hören Sie, ich bin hier im Regenwaldhaus, der Empfang ist sehr schlecht. Ich kann Sie nicht verstehen«, log sie und beendete das Gespräch. Vor ihr stand Sigmar.

»Hallo!«, sagte sie.

Er lächelte sie an.

»Wer war das?«, fragte er.

»Ach, der Anruf eines Polizisten, wegen eines alten Falles, aber ich glaube, der wollte mich nur anmachen.«

Er nickte.

»Die Menschen offenbaren nicht immer ihre Beweggründe.«

Sie errötete. Wie klug er klang mit seiner tiefen Stimme. Es schien nur sie beide zu geben – kaum Besucher zu dieser Tageszeit –, als er ihr die tropischen Gewächse erklärte.

Er führte sie zu einer exotischen Blume und sagte: »Ich möchte dir etwas zeigen.«

Peters hatte ein ungutes Gefühl. Das abrupte Ende des Telefongesprächs – irgendetwas stimmte nicht. Es bestand ein Zusammenhang zwischen dem jungen Mann und dem Unfall der Biologiestudentin vor einem Jahr, das sagte ihm sein Instinkt, der selten trog. Doch da war noch mehr. Der Schatten eines Verdachts streifte ihn. Die Mutter des Botanikstudenten – ihr Tod, als er noch ein Kind war.

Peters griff zum Telefon und rief seinen Kollegen an.

»Hallo, ich bin es. Hast du etwas in Erfahrung gebracht über den jungen Mann von der Uni?«

»Ja, eine seltsame Geschichte«, kam als Antwort.

Sein Kollege zögerte.

»Ich wollte dich schon anrufen. Es geht um den Tod seiner Mutter.«

»Wann war das?«, fragte Peters.

»Vor fünfzehn Jahren.«

Peters wartete.

»Erzähl schon!«

»Sie starb durch eine Vergiftung, vor den Augen ihres Sohnes, in einem Gewächshaus.«

Ein Gewächshaus.

Was war, wenn der Student das Telefongespräch gehört hatte, im Regenwaldhaus, wo er vielleicht gerade auf Viola Martens lauerte?

Er würde in Wut geraten, wenn er erfuhr, dass die junge Frau die Polizei eingeschaltet hatte.

Peters hörte seinem Kollegen nicht mehr zu. Er legte auf und verließ sein Büro.

Er steht hinter einer Palme und sieht ihnen zu. Sein Atem geht flach, er kann sich nicht bewegen. *Du darfst keinen Laut von dir geben.* Er will auf sie zugehen. *Du weißt, dass sie nicht deine Mutter ist.* Er ist wieder der kleine Junge, noch nie hat er sich so ohnmächtig gefühlt. Etwas hält ihn zurück. Er schaut zu Boden, Orchideen wachsen zu seinen Füßen. *Ihr seid nicht der Grund für meine Panik.*

Er schaut auf. *Er ist es. Er lähmt dich.*

Marquardt.

Er hat ihn wiedererkannt, nach all den Jahren. Seltsam, wie das Gedächtnis funktioniert, eine kleine Geste – Marquardt, wie er sich hinabbückt und über die Blume streicht – hat eine Erinnerung wachgerufen.

Plötzlich erkennt er den Mann von damals wieder, der neue Freund seiner Mutter, der Botanikstudentin. Er erinnert sich wie heute an ihre Anspannung an jenem Tag – heute weiß er, dass seine Mutter damals mit Marquardt abrechnen wollte –, er erinnert sich daran, wie der Mann ihr die Blume in die Hand drückte, als sie ihn anschrie.

Es ist vorbei mit uns. Du bist unheimlich.

Er kann sich noch an diese Worte erinnern. Es waren die letzten Worte seiner Mutter, bevor sie tot zusammenbrach, inmitten der Blumen, in dem Gewächshaus in Göttingen. Vor Schreck erstarrt hatte er gesehen, wie der Mann davonging, bevor Schreie über die Glasscheiben hallten, fremde Menschen sich über seine Mutter beugten und die Sirene des Krankenwagens heulte.

Du bist schuld. Das war sein einziger Gedanke. Er hatte seiner Mutter nicht geholfen. Später, im Heim, hat er viel gelesen, Bücher über Blumen, Abhandlungen über Pflanzengifte.

Der Blütenstaub des Oleanders ist leicht toxisch, aber nicht unbedingt gefährlich. Wird er jedoch mit dem Saft der Engelstrompete vermischt, entsteht ein Gift, das, wenn es über eine Wunde in den Körper eindringt, zum Tod führt.

Er erinnert sich noch an den Tag, als er diesen Eintrag las. Seitdem wusste er, dass er einer unsichtbaren Spur folgte.

Warum hast du mit dem Studium der Botanik begonnen?

Er weiß es nicht mehr. Wollte er seine Blumenphobie kurieren oder war es das Foto von Marquardt im Vorlesungsverzeichnis. *Hast du ihn schon damals, vor einem Jahr, erkannt? Hast du gespürt, dass er der Mörder deiner Mutter ist?* Er kann es nicht sagen. *Denk nicht nur an damals.* Langsam taucht er aus seinen Gedanken auf, und was er sieht, wirft ihn zurück in die Kindheit; die junge Frau senkt sich hinab, folgt dem Blick Marquardts, der neben ihr steht und ihre Hand hält.

Es ist seine Mutter. *Nein, sie ist es nicht, das weißt du.* Sie ist der Köder. Er wusste, dass sie ihn zum Mörder führen würde, nach dem ersten rätselhaften Tod vor einem Jahr, von dem er erfuhr, als die Polizisten ihn befragten. Die junge Frau, die dort vor ihm steht, sieht der vergifteten Studentin ähnlich. *Und beide sehen aus wie deine Mutter, die du nicht gerettet hast.* Doch dieser Frau muss er helfen. Es kostet ihn seine ganze Willenskraft, sich aus der Lähmung zu lösen. Marquardt und die junge Frau hocken über den Blumen, und er sieht eine durchsichtige Plastiktüte, die aus der Jackentasche Marquardts quillt, eine Tüte mit Blütenstaub. Damit hat er seine Hände eingeschmiert.

Immer noch umfasst Marquardt die Hand der Studentin, führt sie über ein Palmenblatt, rutscht ab. Ein vermeintliches Malheur.

Das Mädchen zuckt zurück, sie saugt das Blut von ihrem Daumen. Marquardts Hand langt nach einer Blume – es ist eine Engelstrompete –, er knickt sie um.

Du musst es jetzt schaffen. Er reißt sich los, tritt aus dem Schatten, zückt das Messer, noch fünf Schritte bis zum Professor, der ihm den Rücken zuwendet, den Arm um die Schulter des Mädchens gelegt. Doch er hält inne, als er ein Geräusch nahen hört.

Peters lief den schmalen Kiesweg entlang. Eine Bewegung hinter der großen Palme hatte ihn aufgeschreckt, er sah, wie der Student sich an den Biologieprofessor heranschlich, der neben dem Mädchen am Blumenbeet kniete. Er musste den Jungen erreichen, ohne dass dieser ihn bemerkte, sonst würde er nach vorne springen, um seine Tat zu vollenden. Der Student stockte, sein Kopf fuhr langsam herum, doch es war zu spät, Peters stürzte sich auf ihn.

Viola spürte einen Schmerz in ihrem blutenden Finger, als Marquardt den Pflanzensaft darauf träufelte. Warum tat er das? Jetzt sah sie den Plastikbeutel am Boden, er enthielt gelbe Blütenpollen, Marquardt hatte absichtlich ihre Finger damit eingeschmiert. Sie wich vor ihm zurück, wandte sich um, wollte in sein Gesicht sehen – und erstarrte.

Hinter ihnen wälzten sich der Polizist und der Student – ihr Verfolger – auf dem Boden. Der Humus schluckte ihre Geräusche. Der junge Mann befreite sich aus dem Griff des Polizisten, kam auf sie zu. Sie schrie. Marquardt sprang neben ihr auf, jetzt hatte er die beiden auch entdeckt – auch er war gelähmt vor Schreck –, doch als der verrückte Student näher kam, schritt er nicht ein, um sie zu schützen. Entsetzt sah sie, wie er davonlief, sie zurückließ. Der Student kam näher, auf allen vieren kroch er auf sie zu, der Polizist packte ihn am Bein, wollte ihn zurückziehen, aber der junge Mann griff den offenen Beutel mit Blütenstaub, schleuderte ihn ins Gesicht des Polizisten, der sich schreiend die Augen rieb.

Nun kam der Student weiter auf sie zu, in der Hand hielt er ein Messer, sie wollte schreien, ihn treten, doch sie war immer noch erstarrt – zu viele Eindrücke, die auf sie einstürmten.

Der junge Mann packte ihre Hand, schnitt eine Kerbe in ihren blutenden Finger. Dann beugte er sich über sie und saugte das Blut aus, spuckte es auf den Boden.

Sie verstand nun nichts mehr.

Peters saß an eine Palme gelehnt und sprach mit seinem Kollegen von der Zentrale. Sein Augen brannten, aber er konnte wieder sehen.

»Schickt ein paar Streifenwagen. Die Hauptstraßen in Herrenhausen müssen abgesperrt werden.«

»Es ist Marquardt, oder?«, fragte sein Kollege.

»Woher weißt du das?« Peters war überrascht.

»Er war in Göttingen wissenschaftlicher Assistent, am Institut für Botanik.«

»Dort hat doch auch die Mutter des jungen Mannes studiert.«

»Ja. Sie war für kurze Zeit mit Marquardt befreundet, bevor sie starb«, sagte sein Kollege.

Peters atmete langsam aus.

»Ich wollte es dir sagen, aber du warst schon weg.«

Peters schwieg für einen Moment, sah hinüber zu dem jungen Mann, der neben dem Mädchen saß. Beide unterhielten sich.

»Was ist das Motiv?«, fragte er seinen Kollegen.

»Marquardt schrieb in Göttingen seine Doktorarbeit. Der Titel: *Tropische Blumen und ihre Wirkstoffe.*«

Peters seufzte, während sein Kollege fortfuhr.

»Ein ehemaliger Mitarbeiter sagte, Marquardt hatte immer wieder Auseinandersetzungen mit Kollegen wegen seiner Herrschsucht. Marquardt sei damals wohl einem Liebeswahn verfallen, sagte der Mann weiter. Offenbar konnte er es nicht verkraften, als seine Freundin die Beziehung beendete.

»Deshalb tötete er sie?«, sagte Peters.

»Vielleicht hat ihn das Gefühl der Macht berauscht, als er ungestraft mit seinem Verbrechen davonkam. Später, in Hannover, als Leiter seines eigenen Instituts, fühlte er sich sicher, dachte, niemand könne ihm etwas anhaben, als er die Studentin tötete, die seiner Freundin von damals ähnelte«, sagte sein Kollege.

»Und als er auch damit ungestraft davonkam, wollte er nun Viola Märtens töten«, sagte Peters. Er hörte das Herannahen der Polizeisirenen und beendete das Gespräch.

Es ist fast so wie damals, eine junge Frau mit langen schwarzen Haaren, umgeben von Blumen, das Dröhnen des Martinshorns im Hintergrund. Aber nur beinahe so. *Diesmal hast du sie gerettet.* Er spürt, dass der Schatten von seinem Herz weicht, dass die Stimme nun schweigen wird, als er sich zur Seite wendet und sie ansieht. Zum ersten Mal seit fünfzehn Jahren lächelt er.

Sven Thomfohrde

Sven Thomfohrde wurde 1967 in Bremerhaven geboren und lebt heute in Hannover. Nach einem Maschinenbau-Studium, einem Studium der Berufspädagogik und verschiedenen Jobs, unter anderem als Nachtwächter und Übersetzer, arbeitet er nun als Berufsschullehrer. Seine ersten literarischen Versuche reichen zurück bis in seine frühe Jugend – wobei er sich schon damals dem kriminalistischen Genre zuwandte. Handwerklich verfeinert hat Sven Thomfohrde das Schreiben durch die Teilnahme an Kursen für kreatives Schreiben, aus denen eine Schreibgruppe entstand, die er seitdem regelmäßig besucht. Die Idee zu seinem Kurzkrimi hatte er vor zwei Jahren beim Besuch des Regenwaldhauses – aber erst im Rahmen von »Akte X Hannover« entwickelte sich aus der damaligen Idee seine spannende Geschichte »Todesstengel«.

Erna
Heike Zieße

Mal ehrlich. Kennen Sie nicht auch jemanden, der Ihren Blutdruck in Sekunden von 100 auf 250 bringt? Eine Person, bei deren Anblick Sie Magenkrämpfe, Herzrasen und Atemnot bekommen und bei der Sie einfach alt aussehen? Jemand, der von morgens bis abends nörgelt und nervt? Und zwar so, dass Sie beim Klang der Stimme eine Gänsehaut bekommen und sich Ihre kleinen Körperhärchen warnend aufstellen? Eine Person, die so ätzend ist, das Sie ihm – oder auch ihr – Fußpilz, Gesichtspickel, die Pest oder gleich einen Platz ganz tief unten in der Hölle wünschen? Kurz gefragt: Kennen Sie den blanken Horror?

Nein? Dann sind Sie meiner Frau noch nicht begegnet. Das nenne ich Glück, ach, was sage ich – ein Segen ist das. Sie denken, ich übertreibe? Nun, machen Sie sich selbst ein Bild. Ich lade Sie ein, ein wenig an meinem Leben teilzuhaben.

»Hans-Jörgen, du hast die Zeitung immer noch nicht reingeholt, obwohl ich es dir schon dreimal gesagt habe.«

Da, das ist sie. Erna, meine mir angetraute Ehefrau. Schon am frühen Morgen – meist im rosa Frotteebademantel und Badeschlappen – läuft sie zur Höchstform auf, tigert durch das Haus und lässt ihre schlechte Laune an mir aus. Die Wechseljahre können das nicht mehr sein.

»Hans-Jörgen, die Zeitung. Wie oft soll ich dir das eigentlich noch sagen?«

Haben Sie es bemerkt? Ihre Stimme. Sie wird drohender. Gleich wird sie meine Tasse Kaffee wegkippen, weil ich nicht folgsam bin.

»Hans-Jörgen, hör doch mal. Dein Kaffee rinnt in die Kanalisation, zu den Ratten.«

Na, was habe ich gesagt!

Oh bitte, bleiben Sie noch einen Moment. Ich gehe nur kurz die Zeitung holen und bin dann gleich wieder für Sie da. Ich habe Ihnen noch viel zu erzählen.

So, da bin ich wieder. Schön, dass Sie nicht weggegangen sind. Können Sie sich vorstellen, dass ich bereits seit knapp vierzig Jahren mit dieser Frau verheiratet bin? Wir haben uns damals im Café Kreipe kennen gelernt, richtig romantisch war das. Erna hatte gerade ihren ersten Tag als Lehrling im Servicebereich. Sie war so aufgeregt, dass meine Bestellung nicht auf dem Tisch, sondern auf meiner Hose landete. Wir haben beide herzlich darüber gelacht und festgestellt, dass wir den gleichen Sinn für Humor haben. Erna war so eine schöne junge Frau mit einer weichen, melodischen Stimme und einem glockenhellen Lachen. In dieses Lachen habe ich mich damals als Erstes verliebt. Wir haben uns bald jeden Tag getroffen und immer mehr Gemeinsamkeiten festgestellt. Irgendwann habe ich Nägel mit Köpfen gemacht und Erna meinen Eltern vorgestellt. Sie konnten Erna nicht leiden, fanden sie langweilig und verklemmt. Ganz und gar unangemessen für ihren einzigen Sohn.

»Hans-Jörgen, du hast schon wieder deinen Toast nicht aufgegessen. Und musst du immer so krümeln? Ich bin weder deine Haushälterin noch deine Putzfrau, die alles hinter dir aufräumt. Hans-Jörgen, antworte gefälligst, wenn ich mit dir rede!«

»Verzeih mir, liebste Erna«, flötete ich, »wird nicht wieder vorkommen.«

Ist es nicht unglaublich, dass sich eine Stimme im Laufe der Jahre so verändern kann? Damals sind Schauer der Verzückung durch meinen Körper gerauscht, heute strömen Schauer des Grauens. Geheiratet haben wir im September 1965, um schnell noch Steuern für das ganze Jahr zu sparen. Und natürlich aus Liebe. In der Klosterkirche Barsinghausen, Ernas Geburtsort und Heimatstädtchen. Damals habe ich geschworen, sie zu lieben und zu ehren. In guten und in schlechten Zeiten. Bis dass der Tod uns scheidet. Übrigens, ihre Eltern konnten mich auch nicht leiden. Sie meinten, ich sei aggressiv, selbstsüchtig und dabei ziemlich überspannt. Ganz und gar kein Umgang für ihre einzige Tochter.

Natürlich hatten wir auch gute Zeiten. Unsere erste gemeinsame Wohnung in Hannover-Linden in der Nähe des Schwarzen Bären, das war so ein richtiges Kuschelnest. Die Toilette war zwar außerhalb der Wohnung auf halber Etage, aber wir hatten sowieso Wichtigeres zu tun. Unsere Zwillinge, Tina und Tom, ließen dann auch nicht lange auf sich warten, und Erna ging ganz in ihrer Rolle als Hausfrau und Mutter auf. Als Buchhalter (bei dieser bekannten Fabrik, die mit zweiundfünfzig Zähnen wirbt) verdiente ich genug, um unsere Familie zu ernähren. Zu viert war es gar nicht mehr so kuschelig in unserem Nest, und ich fand, wir hatten Besseres verdient als ein WC auf halber Treppe. So zogen wir ein paar Straßen weiter ins Ihme-Zentrum, damals die Innovation für Hannover. Ganz oben haben wir uns eingenistet, mit einem fantastischen Blick über die Stadt bis hinaus aufs Land. Da lief noch alles wie am Schnürchen. Obwohl Erna bereits erste Anzeichen erkennen ließ, sich zu vernachlässigen. Sie hatte durch die Geburt der Kinder ein paar Pfunde zugelegt und bemühte sich gar nicht erst, diese wieder loszuwerden. Auch ihre Kleidung ließ zu wünschen übrig. Immer öfter lief sie nur mit einem Jogginganzug bekleidet durch die Wohnung, obwohl sie doch so hübsche Kleider im Schrank hatte. Diese zog sie nur noch an, wenn wir mal fein ausgingen. Kam allerdings nicht mehr sehr oft vor.

Sie müssen wissen, ich bin ein Ästhet, ich liebe schöne Dinge.

»Hans-Jörgen, die Kartoffeln müssen noch geschält werden, oder willste heute kein Mittagessen? Wo treibste dich nur den ganzen Vormittag wieder rum?«

»Komme gleich, Schatz.« Schatz, wie verlogen. Gut, dass Erna taub für alles Zwischenmenschliche und meinen feinen nuancenreichen Ausdruck ist. Na schön. Ich folge kurz der Stimme meiner Gebieterin, damit sie nicht merkt, was ich hier tue. Ich unterhalte mich wirklich gerne mit Ihnen. Bin gleich wieder da.

Entschuldigung, hat doch etwas länger gedauert. Ich weiß gar nicht mehr, wann es anfing, dass Erna mir so richtig auf die Nerven ging. Als wir Anfang der achtziger Jahre unser Häuschen in der Eichelkampstraße in Mittelfelde bezogen – ganz in der Nähe der dortigen Kleingartenkolonie – , lief alles noch rund, war die Welt noch in Ordnung. Wir hatten nette Nachbarn und auch die Kleingärtner waren freundlich und hilfsbereit. Die Kinder gediehen prächtig; Geldsorgen hatten wir keine. Irgendwann, zwischen dem Streit mit unseren Nachbarn und dem Disput mit den Kleingärtnern, muss es wohl passiert sein. Erna warf mir vor, es sei meine

Schuld, dass niemand in unserer Straße mehr etwas mit uns zu tun haben wollte, doch den Schuh musste ich mir nun wirklich nicht anziehen. Nur weil ich unseren Nachbarn zur Linken verbot, unseren Garten weiter als Toilette für ihre Katze zu missbrauchen. Wie ich schon sagte, bin ich ein Ästhet. Und ein Pedant, denn Ordnung muss sein und Recht muss Recht bleiben. Da mir der Richter – dieser Tierfreund – mein Recht verweigert hatte, habe ich zur Selbsthilfe gegriffen und einen wunderbaren Teich mit vielen schönen Fischen in unserem Garten angelegt. Sagen Sie selbst, ist es meine Schuld, dass die Katze ertrank, weil sie nicht schwimmen konnte?

Den Nachbarn zur Rechten musste ich leider dahingehend belehren, dass seine Garage genau 30,2 Zentimeter in unser Grundstück hineinragte. Auch hier hatte meine angestrebte Klage keinen Erfolg, weil für beide Grundstücke noch altes Recht galt. Altes Recht, neues Recht, mir doch egal, Hauptsache, mein Recht. Zu dumm, dass ich mit einem geliehenen LKW im Rückwärtsgang voll in Nachbars Garage bretterte. Diese musste daraufhin abgerissen werden. Jetzt galt das neue Recht.

Die Kleingärtner konnten mir nicht verzeihen, dass ich dem Ordnungsamt den Tipp gegeben hatte, doch mal ganz unauffällig zu überprüfen, wer seine Gartenlaube auch als ständigen Wohnsitz nutzte. War nämlich auch nicht erlaubt.

Tina und Tom beklagten sich ständig, dass niemand mehr mit ihnen sprach und sie niemals irgendwo eingeladen wurden. Ich kann Ihnen sagen, die Welt ist wirklich schlecht.

Die Kinder sind ausgezogen, sobald sie volljährig waren. Erna weinte vor Rührung, als ich ihr versicherte, dieses würde die Nachbarn hart treffen und vielleicht ein wenig zum Nachdenken anregen. Schließlich gingen die Kinder nur, weil es in ihrer Umgebung so viele böse Menschen gab.

Erna und ich mussten auf einmal wieder alleine klarkommen. Das war kein Problem, so lange ich noch arbeiten ging, da hatten wir beide unseren geregelten Tagesablauf. Seit Kurzem jedoch bin ich Pensionist (Rentner hört sich so spießig an) und den ganzen Tag zu Hause. Was könnte ich hier nicht alles bewegen? Aber Erna sorgt schon dafür, dass meine Bedürfnisse nicht zum Zuge kommen. Hat immer eine Beschäftigung für mich, aber nichts kann ich ihr Recht machen. Neulich hat sie sogar gekeift, ich solle mir endlich ein Hobby suchen, sonst könne sie für nichts garantieren. Was meint sie wohl damit?

Einen Moment noch mal, bitte, ich muss Erna schon wieder helfen. Einkäufe verstauen. Warum holt sie auch immer alles auf einmal. Sie hat doch genug Zeit, um jeden Tag einkaufen zu gehen. Hoffentlich hat sie auch an meine eingelegten Heringe gedacht. Die vergisst sie nämlich öfter – mit Absicht –, weil ich Fisch liebe und sie nicht: Ha, sehen Sie hier irgendwo Heringe. Ich nicht! Muss sie eben noch mal los und welche besorgen. Oder soll ich nur Kartoffeln futtern? Klar, dass das wieder nicht ohne Gekeife abgeht. Ich sage Ihnen, ich bin so was von genervt!

Apropos genervt. Um noch einmal auf das Thema Hobby zurückzukommen. Ich habe tatsächlich eines gefunden, mit dem ich mich stundenlang beschäftigen kann. Ich studiere. Nein, nicht was Sie jetzt denken, alter Knacker nimmt einem jungen Studenten den Studienplatz an der Uni weg. Nee, nee. Ich studiere Literatur- und Fernsehgeschichte. Zu Hause und in aller Ruhe. Ich habe mir nämlich überlegt, dass ich meine Frau loswerden möchte. Habe gerade eine interessante Lektüre zu diesem Thema hier auf dem Tisch mit dem schönen Titel: »Wie werde ich sie bloß in sechzig Tagen los.« Sie fragen, warum ich mich dann nicht einfach scheiden lasse? Ach Gott, in meinem Alter tut man so etwas nicht mehr. Und außerdem habe ich doch vor fast vierzig Jahren in der Kirche den Schwur abgelegt »bis dass der Tod euch scheidet«. Und Schwüre vor Gott sind mir heilig.

Ich muss Sie leider schon wieder für einen kurzen Moment alleine lassen. Es gibt Mittagessen. Eingelegte Heringe. Na bitte, geht doch.

»Schmatz nicht so und lass noch was für heute Abend übrig. Sonst kriegste nämlich nichts mehr.«
    Hören Sie! Nur Gemotze. Und kochen will sie auch nicht mehr. So weit sind wir also nach knapp vierzig Jahren gekommen. Steht in der Bibel aber nicht, »das Weib sei dem Manne untertan?«

Wo war ich? Ach ja, natürlich. Mein Hobby. Ich kenne sie mittlerweile alle, die guten alten Klassiker. Einfach genial dieser Hitchcock, an den kommt natürlich keiner ran. Aber auch neuere Schocker haben durchaus ihren

Charme. Oder die Bestseller von Christie, Higgins-Clark oder King. Geradezu eine Anleitung zur Nachahmung. Was glauben Sie, was ich nicht schon alles versucht habe? Klar, zuerst natürlich mal Hitchcock. Kennen Sie »Der Fremde im Zug«? Göttlich. Habe ich ausprobiert. Bin extra mit der S-Bahn über Barsinghausen, Haste, Nienburg und zurück gefahren, doch ich konnte einfach niemanden finden, der meine Frau töten würde. Obwohl ich immer wieder beteuert habe, dass ich im Gegenzug natürlich auch meinen Beitrag leisten würde. Ist doch Ehrensache. Mord gegen Mord. Doch ob Sie es glauben oder nicht, ich hatte keine Chance. Musste sogar den Zug wechseln, weil man mich sonst ins Landeskrankenhaus Wunstorf gebracht hätte. Kennen Sie vielleicht irgendwo in der Region Hannover ein Motel, meinetwegen auch ein Hotel, das den Charme von »Bates Motel« hat? Sehen Sie, ich habe auch keines gefunden. Nichts für ungut, aber der gute alte Hitchcock ist wohl doch etwas zu weltfremd. Nach Beendigung meiner Studien der Bestseller kann ich sagen, dass ich diese leider auch nur sehr bedingt empfehlen kann. Ist entweder alles zu aufwendig oder aber es mangelt an den richtigen Örtlichkeiten.

Also habe ich mich dann auf meine eigene Kreativität besonnen. Habe mir Erna geschnappt und ihr gesagt, dass wir uns in der letzten Zeit viel zu wenig umeinander gekümmert haben. Dieses sollte nun anders werden. Zunächst sind wir in den Zoo gegangen. Erna liebt Elefanten und ich habe sie natürlich sofort in den Dschungelpalast zu Califa und Farina dirigiert. Sie war so bewegt, dass ich sie anschließend noch zur Sambesi-Tour überreden konnte. Eigentlich kann sie Wasser nicht leiden, aber dank meiner Anstrengungen wollte auch sie mir einen Gefallen tun. Sie wusste natürlich nicht, dass ich sie bei den Nilpferden über Bord gehen lassen wollte. Habe in der langen Schlange extra so lange gewartet, bis wir ein eigenes Boot bekommen konnten. Schade nur, dass wir im letzten Moment noch eine Horde Jugendlicher mit an Bord nehmen mussten. Plan B sah eine Kaffeefahrt mit der Weißen Üstra-Flotte auf dem Maschsee vor. Dort wollte ich Erna in einem unbeobachteten Moment ins Wasser schubsen. Erna kann nämlich nicht schwimmen. Sie hatte jedoch bereits beim Einsteigen eine alte Bekannte getroffen und war so in ein Gespräch vertieft, dass sie partout nicht dazu zu bewegen war, mit mir an Deck zu kommen. Plan C war einfach, aber genial. Ich wollte sie in einem heimlichen Moment vor die Straßenbahn oder auf eine stark befahrene Straße stoßen. Leider hatte ich dabei nicht bedacht, dass Erna schon lange nicht mehr neben mir ging, sondern immer nur dahinter. Langsam wurde ich wirklich ärgerlich. Konnte diese Frau denn gar nichts richtig machen, noch nicht einmal sterben?

Ich legte meine Pläne erst einmal auf Eis, weil ich so nicht weiterkam. Umfangreichere Studien mussten her, doch die Zeit lief mir allmählich davon. Vielleicht sollte ich stärkere Geschütze auffahren. Hierbei kam mir das Glück zu Hilfe. Erna hatte sich einstweilen auch ein Hobby gesucht und war nun zweimal die Woche nicht zu Hause. Nun hatte ich freie Bahn und konnte zeigen, welch ein Genie mit latenten Talenten in mir steckte. »Der kleine Bastler« half mir sehr, mich zu verwirklichen. Erna sollte der Schlag treffen, daher polte ich die Steckdosen, die sie üblicherweise benutzte, um. Leider brach sie sich ausgerechnet zu diesem Zeitpunkt beide Arme, als sie die Kellertreppe herunterstürzte. Warum hatte sie sich bloß nicht den Hals gebrochen? Die Hausarbeit blieb nun an mir hängen, und ich schaffte es mit Ach und Krach, keine Aufmerksamkeit zu erregen, als ich in einer Nacht-und-Nebel-Aktion die präparierten Schaltkreise wieder richtete. Als Ernas Arme soweit wieder hergestellt waren, dass sie Auto fahren konnte, habe ich die Bremsen an unserem guten alten Volkswagen manipuliert. Der Wagen hatte mir immer treu und redlich gedient. Nun musste er mir einen letzten Dienst erweisen. Jeder musste Opfer bringen. Doch was soll ich sagen? Das Auto fuhr gegen eine Mauer und war Vollschrott, während Erna noch nicht einmal einen Kratzer abbekam.

Sie ahnen es sicher schon. Auch meine weiteren – mittlerweile verzweifelten – Versuche scheiterten. Beim Ausflug in den Deister war nicht sie in den Tiefen des Waldes verschwunden, sondern ich hatte mich verirrt und wäre beinahe noch das Abendessen eines mächtigen Keilers geworden. Auch die Begegnung in der AWD-Arena mit Bayern-Fans hatte sie unbeschadet überstanden, obwohl sie in der Bayern-Fankurve lauthals Hannover 96 anfeuerte, so wie ich es ihr vor dem Spiel geraten hatte. Ich konnte es einfach nicht fassen. Diese Frau musste mit dem Teufel im Bunde stecken. Sie hatte deutlich mehr Leben als Nachbars Katze, die ja immerhin schon an ihrem ersten Schwimmversuch gescheitert war. Sie sind jetzt meine letzte Chance. Können Sie mir vielleicht weiterhelfen?

Ich bin für jeden tauglichen Vorschlag dankbar. Bitte rufen Sie mich an unter 0511 … »Hans-Jörgen« …

Grausam, diese Stimme. Aber ich lasse Sie trotzdem noch einmal für einen kurzen Augenblick allein. Nach dem Essen können wir uns in aller Ruhe unterhalten. Allerdings hätte Erna die Mahlzeit schon vor einer halben Stunde servieren sollen. Sie hält sich immer weniger an meine vorgegebenen Essenszeiten und macht, was sie will. Diese Ignoranz kann ich nicht länger dulden.

»Wird ja auch Zeit«, zankte ich und machte mich über meine Heringe her. »Hat heute Mittag aber besser geschmeckt. Du schaffst es, selbst noch Speisen zu verderben, an denen man nichts, aber auch gar nichts falsch machen kann.«

Trotzdem schmatze ich vernehmlich, stieß nach dem Essen genüsslich auf und legte die Füße auf den Tisch. Das tat gut. Ich grinste. Gleich würde sie wieder zur Furie werden. Wetten!

Doch Erna lächelte mich an. Das hatte sie nicht mehr getan, seit die Kinder aus dem Haus waren. Nein, dieses verklärte Gesicht hatte sie mir zuletzt vor dem Traualter gezeigt.

»Bis das der Tod uns scheidet«, flüsterte sie, als ich röchelnd zusammenbrach.

Verzeihen Sie, liebe Leserinnen und Leser, dass Sie meinen Gatten nun nicht mehr sprechen können. Er ist etwas unpässlich. Hatte ja in letzter Zeit auch erheblichen Stress und wenig Glück. Aber letztendlich hat er doch bekommen, was er sich gewünscht hat. Er ist mich los. Der Kleingärtner hatte Recht. Das Zeug, das er mir verkauft hat, wirkt Wunder. Wie leicht es doch ist, jemanden mit Gift aus dem Leben zu befördern!

Haben Sie bitte Verständnis dafür, dass ich Sie an dieser Stelle verlasse. Es gibt noch viel zu tun. Schlafen Sie gut. Und vergessen Sie nie: »Liebe deinen Nächsten.«

Heike Zieße

Heike Zieße wurde 1963 in Barsinghausen geboren, wo sie auch heute noch lebt. Nach einer Ausbildung zur Industriekauffrau arbeitet sie seit 1985 als Verwaltungsangestellte bei einer großen Bundesbehörde in Hannover. Besonders dem Grusel- und Horrorgenre gilt ihre Vorliebe, Veröffentlichungen ihrer Horror-Storys in den John-Sinclair-Heften geben davon Zeugnis. Am liebsten liegt Heike Zieße auf ihrer Dachterrasse und lässt sich neue Geschichten und Gedichte einfallen – für sie die beste Möglichkeit, ihren Stimmungen und Gefühlen Ausdruck zu verleihen. Ihre Geschichte »Erna« erinnert nicht von ungefähr an Loriot. Dessen »Feierabend« regte sie an, ein unzufriedenes altes Ehepaar zu schildern.

Tod in der Fontäne

Peter Claus

I

Der Saisonbeginn im Großen Garten zu Herrenhausen war stets mit viel Arbeit verbunden. Im zeitigen Frühjahr begannen der Gartenmeister, die Gesellen und Lehrlinge mit den ersten Außenarbeiten, um den Garten als Bühne königlicher Prachtentfaltung für die kommenden warmen Monate herzurichten. Tagelöhner aus der nahe gelegenen Stadt wurden für die Pflege der Wege, im Küchenquartier und auch im Feigengarten benötigt. Gegenüber im Berggarten wurden Blumen und Gemüse angezogen, ebenso Melonen auf einigen versteckten königlichen Misthaufen. Die Gehölze, die zahlreich in den Boskettbereichen mit Hecken und Bäumen vorkamen, waren besonders zeitaufwendig in der Pflege. Hierzu waren Akkordarbeiter engagiert worden, die in Gruppen bereits nach Sonnenaufgang den Garten betraten, sich auf die einzelnen Quartiere verteilten und ihr Werk begannen.

Die nasse Leiche lag im goldenen Kelch der Großen Fontäne. Beide Arme ragten wie Staubgefäße einer welken Blüte heraus. Dies wurde gleich fachmännisch vom Vorarbeiter der Heckenschneider, Christian Lampe, bemerkt. Er hatte den schlaffen Körper als Erster entdeckt, als er mit seinen Akkordarbeitern auf dem mittleren Hauptweg entlangging. Sie mussten die Fontäne passieren, um die Hecken im hinteren Bereich beschneiden zu können. Der Teich hätte zu dieser Zeit für Reinigungsarbeiten eigentlich leer sein müssen.

»Seht euch das an!«, rief Lampe zu seinen Leuten, die im Übrigen schaudernd, aber mit geiferndem Interesse um Leichnam und Teich herumstanden. »Seltsam … «, setzte er nach den ersten Momenten des Schreckens noch hinzu, da sich im Fontänenteich durchaus Wasser befand.

Die Meldung der entdeckten Leiche erreichte nach kurzer Zeit das nahe gelegene Schloss und sprach sich unter der anwesenden Hofgesellschaft sowie dem Personal, ebenso wie andere Nachrichten, sehr rasch herum. Zurzeit hatte man in den vornehmen Räumen des Schlosses nicht sehr viel zu tun. Der König war noch nicht anwesend, wurde aber in einigen Tagen erwartet. So verwunderte es nicht, dass eine bunte Gruppe von Beamten, Adeligen und Bediensteten zur Fontäne eilte, um in Augenschein zu nehmen, was das Ereignis der Saison zu werden versprach. Dem Hofmarschall, Johann von Most, war die Sache allerdings nicht geheuer. Er fürchtete um den Ruf des Hofes, wie er überhaupt immer das Ganze im Blick zu haben schien. Als Ausdruck seiner besonderen Position, und vielleicht auch als persönliche Eigenart, pflegte er im Garten immer einen Zylinder zu tragen. Unter den Versammelten befand sich auch sein Sekretär von Kühnemund, ein Geck, der einen modischen gestreiften Rock trug. Er war in den letzten Monaten mit der Erledigung verschiedener Geschäfte an anderen Höfen beauftragt worden. Von einer Reise nach England hatte er sich auch ein Halstuch mitgebracht, das gerade der letzte Schrei in London war, in Hannover aber auf Zurückhaltung stieß. Einige Hofdamen hatten ebenfalls die Gemächer verlassen. Selma von Malortie, eine Dame aus dem Stadtadel mit ständig feuchter Nase, die angesichts des Unglücks beharrlich träufelte, stand neben Henriette von Kohlrausch, die für das Ankleiden der Königin zuständig war.

»Widerwärtig«, meinte diese, als sie auf den Leichnam blickte, der unter der wärmenden Morgensonne in der noch kühlen Luft leicht zu dampfen begann. »Ich kenne ihn, es ist der Hilfsvogt Propp«, setzte sie hinzu. Aufgabe des Hilfsvogts war es, auf die Ordnung im Garten zu achten. Selbst dem Hofnarren, einem verarmten Adeligen namens von Wiesel, waren angesichts des roten Blutes über den goldenen Kelchblättern die Späße vergangen.

Der Leibarzt, ein Doktor der Medizin der welfischen Landesuniversität zu Helmstedt namens Schwittorf, kam herbeigeeilt und holte sich zusammen mit dem Vogt Schwendt und Gartenmeister Charbonnier nasse Füße, als sie gemeinsam durch den Teich zur Leiche wateten.

»Jemand muss die Fontäne angestellt haben«, meinte der Vogt Schwendt, dem die Aufsicht über den Garten oblag und der wenig Regung zeigte, als er seinen Helfer im Kelch aus der Nähe erblickte. Dieser war ein mutiger, wenn auch ein wenig im Geiste beschränkter Mann gewesen. Es war offensichtlich, dass Propp sich nicht freiwillig im Kelch befand. Sein schmächtiger Körper war mit einem Seil innen an die Düse gefesselt. Die kleine Luke zur sogenannten Düsenkammer in der Mitte war geöffnet. In dieser befanden sich neben der Düse noch verschiedene Vorrichtungen zur Regelung des Wasserdrucks. Auch ein Gang unter dem Teich führte in diese Kammer. Der Eingang des Gangs lag im nahe gelegenen Wasserhaus, dort befand sich auch der Hauptschalter für die Inbetriebnahme der Fontäne.

»Der hat wohl einen Schlag auf den Kopf bekommen«, meinte der Arzt, »aber diese Verletzungen am Hals sind sehr merkwürdig, so etwas habe ich noch nie gesehen. Fast wie mit einem Messer«.

Der Hals war zur Hälfte in den Weichteilen bis auf die Wirbelsäule durchtrennt.

»Oder doch wohl nicht«, sagte der Gartenmeister Charbonnier. »Sehen Sie, die Kanten sind nicht so scharf.« Ihm waren die Wirkungen einer scharfen Heckenschere auf Finger leider wohl vertraut.

»Das mag sein«, bemerkte der Doktor nach einigem Nachdenken, »aber der Hieb auf den Schädel war sicher nicht tödlich. Vielleicht war er danach nur bewusstlos. Jemand muss den armen Mann an die goldenen Blätter gefesselt haben, um ihm dann den Rest zu geben.«

Alle beugten sich jetzt über den Rand der Düse und schauten von oben in die Kammer.

»Dort liegt etwas Schwarzes, wie Späne«, fiel sogar dem leicht kurzsichtigen Gartenvogt Schwendt auf, der noch bemerkte: »Noch nie ist in diesem Garten ein Mensch ermordet worden.«

Die Leiche wurde von einigen Gesellen aus dem Kelch herausgehoben und weggetragen. Die Hofgesellschaft zerstreute sich – etwas enttäuscht, dass dieses Ereignis schon zu Ende sein sollte. Der Gesprächsstoff für die nächsten Tage schien aber gesichert. Der Arzt beeilte sich zu einem weiteren Patienten zu kommen, während Charbonnier und der Gartenvogt zum Wasserhaus gingen und durch den Gang in die Düsenkammer gelangten. Die Tür des Wasserhauses war aufgebrochen.

»Das Seil bewahren wir hier neben dem Hauptschalter der Fontäne auf, um damit gelegentlich ein leckendes Rohr zu umwickeln und abzudichten. Der Mörder muss es von dort zum Fesseln geholt haben. Wahrscheinlich hat er auch das Wasser angestellt. Aber warum?«, fragte der Gartenvogt. »Was suchen Sie denn, Charbonnier?«

Als Mann der Erdarbeiten beugte sich dieser über den feuchten Steinfußboden. »Leider keine Fußabdrücke, aber sehen Sie hier, Schwendt, solche Späne habe ich noch nie gesehen. Sie färben meine Finger schwarz, wenn ich sie in die Hand nehme, und etwas Holz ist auch daran.« Der Gartenmeister steckte die Späne in ein kleines Döschen für Samen, das er immer mit sich führte, und ging mit dem Gartenvogt in den westlichen Schlossflügel zurück, wo sich die Amtsräume der beiden befanden.

II

Martin Charbonnier war seit einigen Jahren als Gartenmeister für den Großen Garten verantwortlich. Noch jung an Jahren, aber schon sehr erfahren, hatte er in den ersten Monaten nach seiner Berufung noch Gottfried Wilhelm Leibniz persönlich kennen gelernt. Diesem war die vielseitige Begabung des jungen Mannes gleich aufgefallen und er hatte ihn für das Amt bei Hofe empfohlen. Leibniz beschäftigte sich zu der Zeit gerade mit der technischen Weiterentwicklung der Düse an der Großen Fontäne. Gegenüber adeligen wie bürgerlichen Besuchern des Gartens wurde diese Fontäne als einmalig und ungewöhnlich gepriesen. Andere Höfe beneideten Herrenhausen um diesen Mittelpunkt und hätten eine solche Attraktion gerne in ihren eigenen Gärten gesehen. Keiner konnte sich ihrer Schönheit entziehen, gerade an den Abenden, wenn die Sonne tief stand und das Wasser einen goldenen Schimmer annahm. Sie stieg fast bis zur Höhe der umgebenden Baumwipfel. Der Ehrgeiz des Königs bestand jedoch darin, die Sprunghöhe der Fontäne so wesentlich zu steigern, dass ihr Scheitelpunkt Garten und Schloss zu überragen im Stande war. Die Düse der Fontäne war von Leibniz daher geschickt verändert worden, um bei gleichem Wasserdruck viele Ellen mehr an Höhe zu gewinnen. Verschiedene Konstruktionen waren in Modellen ausprobiert worden. Bei diesen Versuchen war auch der zukünftige Gärtnermeister anwesend, der schnell ein unentbehrlicher und wissbegieriger Helfer des großen Leibniz wurde. Martin Charbonnier war daher auch einer der wenigen, neben dem König und Leibniz, der alles über die Konstruktion wusste. Im Übrigen wurden die Pläne streng geheim gehalten und im Schloss in einem gesicherten Raum verwahrt.

Nachdem Charbonnier in seine Diensträume zurückgekehrt war, führte er zunächst die morgendlichen Gespräche mit seinen Gesellen; diese wiederum teilten die Tagelöhner ein, die an diesem Tag noch zusätzliche Arbeiten verrichten sollten. Die Boskettgärten wurden durch zwei diagonal verlaufende Alleen geviertelt, in deren Mitte sich die Große Fontäne befand. Heute war das Unkraut in den westlichen Boskettgärten an der Reihe. Alles hatte seine Ordnung und jeder Winkel stimmte. Der Mord störte die ausgewogene Harmonie des Gartens, und diese zu erhalten, war das Bestreben Charbonniers. Die merkwürdigen Fundumstände der Leiche gingen ihm daher auch nicht aus dem Sinn. Er genoss allgemeines Vertrauen, nicht nur in Angelegenheiten, die den Garten betrafen, sondern auch darüber hinaus. So war es dann vielleicht auch nicht verwunderlich, dass ihn Hofmarschall von Most aufsuchte und ihn bat, die Aufklärung des Falls zu übernehmen.

»In wenigen Tagen trifft der König ein, die Gartenfeste beginnen wieder und das Galeriegebäude wird gerade von uns für das erste Fest vorbereitet«, meinte von Most zu Charbonnier, als sie unter vier Augen in dem kleinen Arbeitszimmer des Gärtnermeisters saßen.

Der Gärtnermeister berichtete ihm über das, was er in der Düsenkammer und im Wasserhaus gefunden und gesehen hatte. »Wir können mit dieser Last keine Feste feiern«, setzte er hinzu. Ihm war klar, dass es sich bei dem Mörder um einen Angehörigen der Hofgesellschaft handeln musste. Der Garten war nachts verschlossen. An der Graft, die den Garten von drei Seiten umgab, patrouillierte nachts die Hofwache entlang. Von der Schlossseite her war es durch die Wachen auch unmöglich, in den Garten zu gelangen.

»Charbonnier, ich bitte Sie, versuchen Sie etwas über die Tat und den Mörder herauszufinden. Sie können sich unauffällig im Garten bewegen, und keiner wird sich wundern, wenn sie den Leuten vom Hof dort Fragen stellen.«

Tatsächlich traf Charbonnier bei seinen Kontrollgängen oft auf flanierende Angehörige der Hofgesellschaft, die sich gerne mit ihm unterhielten. Er war allgemein beliebt und konnte verschwiegene Winkel empfehlen, wenn dies nötig war. Die Einsatzplanung der Gartenarbeiter durch ihn erfolgte in solchen Fällen dann auch nicht nur nach rein fachlichen Gesichtspunkten.

»Herr Hofmarschall«, entgegnete Charbonnier dann auch, »ich bin mir nicht sicher, ob ich dazu die geeignete Person bin, aber ich werde versuchen, vorsichtige Erkundigungen einzuholen. Versprechen kann ich Ihnen aber nichts. Ich bin hier nur der Gärtner.«

»Charbonnier, Sie sind viel mehr«, fügte von Most hinzu, dem die vielfältigen Fähigkeiten und Kenntnisse des Gärtnermeisters in den vergangenen Jahren nicht entgangen waren.»Halten Sie mich bitte auf dem Laufenden.«

Es war jetzt später Vormittag, und Charbonnier nahm seinen üblichen Rundgang auf, der in den Gemüsegärten jenseits des Schlosses begann. Er hatte dort einige besondere Lieblinge, die er jedes Mal besuchte und eigenhändig mit etwas Wasser verwöhnte. Es wurde viel Aufwand betrieben, Melonen schon zu dieser frühen Jahreszeit anzuziehen. Dank eines beheizten Gewächshauses war dies auch kein Problem. Drei Misthaufen als Unterlagen waren daher auch eigens zu diesem Zweck in das Gebäude gebracht worden. Die Früchte hatten schon eine stattliche Größe erreicht und würden bald geeignet sein, auf der königlichen Tafel einen ersten Höhepunkt der Saison zu setzen. Über Bewässerungssysteme hatte Charbonnier in seiner Zeit an der Seite von Leibniz viel gelernt und eine eigene Vorrichtung ersonnen, die seine Früchte immer mit ausreichend Feuchtigkeit versorgten. Aus einem auf dem Dach des Gewächshauses befindlichen Vorratsbehälter gelangte das Wasser durch Rohre zu kleinen Öffnungen an den Früchten. Charbonnier kontrollierte den Wasserdruck und erhöhte ihn an einem Ventil etwas. Das Wasser schoss aus den Düsen, der Druck war zu hoch, und ein anwesender Lehrling prustete. Er hatte sich gerade über die Melonen gebeugt, um sie mit einem Tuch abzuwischen.

»Das tat weh«, meinte er. »Es kam zu viel Wasser heraus.«

Charbonnier stockte bei diesem Satz, und fast hätte er vergessen, den Regler für den Wasserdruck wieder etwas zurückzudrehen.

»Nimm die kleinste Melone und bring sie in mein Arbeitszimmer«, bat er den verwunderten Lehrling, der angesichts des nachdenklichen Ausdrucks seines Meisters aber keine Frage stellte. Charbonnier setzte seinen Rundgang unterdessen fort.

Den Feigengarten ließ er heute aus und ging stattdessen zum Orangenplatz vor das Galeriegebäude – das Sommerquartier der Zitrusbäume, die bereits dorthin geschafft worden waren. Dieser Garten war auch ein beliebter Aufenthaltsort der Damen und Herren des Hofes. Schon von

Weitem sah er Frau von Malortie mit ihrem feuchten Nasenspiegel. Sie hielt daher auch ein Taschentuch in ihrer Hand, mit dem sie beständig tupfte.

»Lieber Charbonnier«, sprach sie ihn an, »ich danke Ihnen für die kleine Gefälligkeit vor einigen Tagen.«

Der Gärtnermeister hatte wieder einmal seine Verschwiegenheit unter Beweis gestellt und eine bestimmte Ecke des Gartens von seinen Arbeitern freigehalten. In diesem Sinne war er für sie öfter tätig gewesen. Selma von Malortie war eine sehr attraktive Erscheinung, die verschiedene Herren des Hofes schon in Verwirrung gestürzt hatte. An Wasserkünste durch die Gartenanlage gewöhnt, waren diese auch nicht durch die feuchte Nasenschleimhaut der Dame zu verschrecken gewesen. Der Gärtnermeister genoss ihr vollständiges Vertrauen.

»Seht, Charbonnier, das habe ich gerade erhalten«, meinte diese verzückt. Sie hielt eine zu einem Umschlag gefaltete Zeichnung in ihren Händen. Es war mehr eine Karikatur, wie Charbonnier still für sich feststellte, und zeigte die Hofdame in einem der diskreten Heckengärten.

»Sehr galant und eine hübsche Darstellung«, sagte Charbonnier. Ihm fiel auf, dass diese Zeichnung allerdings schon sehr ungewöhnlich war. Keine harten Federstriche mit Tinte, sondern weiche Linien, sehr gekonnt angefertigt. Der Verehrer hatte seine Initialen an den unteren Rand geschrieben. Er lobte die Zeichnung noch ein wenig, seine wahre Meinung zurückhaltend, und setzte dann seinen Rundgang fort mit dem Hinweis, er müsse den Heckenschnitt kontrollieren.

Die Akkordarbeiter hatten auch tatsächlich ungewöhnlich viele Hainbuchenhecken an diesem Vormittag geschnitten. Für das Abräumen des Schnittguts waren noch zusätzliche Hilfsarbeiter eingesetzt. Am Ende seines Kontrollgangs begab sich Charbonnier allerdings nicht zurück in seine Diensträume, sondern suchte den Hofbaurat Westermann auf, dessen Räume sich in einem anderen Flügel des Schlosses befanden. Westermann war weit gereist, hatte vieles gesehen und war in der jetzigen Position unter seinen Fähigkeiten und Qualifikationen beschäftigt, wie Charbonnier fand. In wenigen Minuten erhielt er von Westermann die Auskünfte, die er sich erhofft hatte. Für ihn ergab sich jetzt ein logischer Tathergang und er hatte auch eine Person in Verdacht. Der Hofmarschall kam etwas verschlafen aus einer hinter seinem Arbeitszimmer gelegenen

Kammer, wo er mittags eine Suppe einzunehmen pflegte und danach ein Nickerchen hielt. Charbonnier hatte ihn wunschgemäß aufgesucht, über seine begründeten Vermutungen informiert und gebeten, für den Abend eine Zusammenkunft der Hofgesellschaft an der Großen Fontäne zu arrangieren.

III

An diesem Abend ist erstmals in der Geschichte des Gartens der goldene Kelch der Großen Fontäne von einem Tuch verdeckt. »Aus Pietät dem armen Hilfsvogt gegenüber«, wie einige meinten, die mit dieser Ansicht aber falsch lagen. Alle hatten sich versammelt, ähnlich wie am Morgen, kurz nachdem die Leiche aufgefunden worden war. Das Wasser aus dem Teich war jetzt wieder abgelassen worden. Charbonnier hatte am Nachmittag einige Zeit in der Fontänenkammer verbracht und sich auch mit der Düse im Kelch eingehend beschäftigt.

Als Charbonnier sich jetzt in die Mitte des Teiches zur goldenen Blüte begab und hinaufkletterte, verstummte die sonst geschwätzige Hofgesellschaft. Auch Frau von Malorties Nase stellte vorübergehend ihr Tröpfeln ein – Ausdruck der ganz besonderen Spannung, wie sie später den anderen Hofdamen mitteilte.

Der Hofmarschall erhob die Stimme: »Verehrte Damen und Herren, unser geschätzter Charbonnier hat sich eingehend mit dem Unglücksfall befasst. Er hat die Tat rekonstruieren können und wird uns jetzt vorführen, wie der Hilfsvogt zu Tode kam.«

Der Gärtnermeister zog am Tuch und hervor kam eine Melone, die am Kelch festgebunden war, so ähnlich wie der Körper des Hilfsvogts. Die Mitte der Melone lag direkt auf einem Teil der kreisrunden Düsenöffnung. Auf ein Zeichen Charbonniers stellte einer der Gärtnergesellen die Fontäne an. Das Wasser arbeitete sich langsam empor. Nur an der Stelle, wo die Melone lag, spritze es zunächst zur Seite, dann jedoch wurde die Frucht leicht emporgehoben. Schließlich zerplatzte sie. Genau in der Mitte, wie die Gesellschaft verwundert bemerkte. Der Gärtnermeister trug die betrüblich anzusehenden Fragmente an den Rand des Teichs, damit sie von der Hofgesellschaft in Augenschein genommen werden konnten.

»Es sieht aus, als habe jemand die Melone mit dem Messer durch-geschnitten«, bemerkte von Most.

»Danach sieht es wirklich aus«, meinte Charbonnier. »Es war aber der Wasserstrahl, der durch die Düse so scharf gebündelt wird, dass er wie ein Messer wirken kann. Leibniz hat die Düsenöffnung extra so eng konstruiert, damit das Wasser mit sehr hohem Druck austritt und die Fontäne eine Höhe von über einhundert Ellen erreichen kann. Der Mörder hat den Hilfsvogt, nachdem er ihn mit einem Hammer aus der Fontänenkammer betäubt hat, festgebunden und dann die Fontäne an-gestellt. Der Täter wusste die Wirkung eines scharfen Wasserstrahls sehr genau einzuschätzen. Wahrscheinlich wollte er sich nicht die Hände schmutzig machen und mit dem Hammer sein Werk vollenden.«

»Aber warum hat er ihn überhaupt getötet?«, fragte nun Frau von Malortie.

»Er hat etwas in der Fontänenkammer gemacht. Der Hilfsvogt wird bei seinem Rundgang bemerkt haben, dass sich dort jemand zu schaffen machte. Durch den trocken gelegten Teich war es für ihn kein Problem und der kürzeste Weg, zum Kelch zu gelangen. Er wusste, dass er von dort in die Kammer blicken konnte. Wahrscheinlich war die Luke durch den Mörder schon geöffnet, und der Hilfsvogt hat Geräusche gehört. Sein Pech war es, jemanden zu überraschen, der ihn dann getötet hat«, erklärte der Gärtnermeister der erstaunten Gesellschaft.

»Aber warum das Ganze? Was hat diese Person in der Düsenkammer zu suchen gehabt, Charbonnier?«, wunderte sich der Hofmarschall.

»Er hat dort etwas hinterlassen, was mich auf die Spur gebracht hat«, entgegnete dieser und hielt das Döschen mit den Spänen hoch. »Das sind Reste eines Schreibgerätes, eines Stiftes aus englischem Gra-fit. Damit lässt sich überall etwas zeichnen oder schreiben, ganz ohne Tintenfass und Feder. Der Stift muss nur von Zeit zu Zeit mit einem kleinen Messer angespitzt werden. Ich bin sicher, dass sich ein solches Messer beim Täter finden lässt. Hofbaurat Westermann hat vor einiger Zeit eine Reise in die englische Grafschaft Borrowdale unternommen, um sich nach neuen Baustoffen umzusehen. Von dort kommt das Ma-terial dieser Stifte, die in England in den letzten Wochen der letzte Schrei geworden sind.«

Einen Schrei hörte man auch aus dem Munde von Selma von Malortie: »Herr von Kühnemund – er hat mich mit einem solchen Stift gezeichnet!«

Der Sekretär des Hofmarschalls wollte sich gerade diskret von der Hofgesellschaft entfernen, wurde aber von einigen überraschend beherzten Adeligen zurückgehalten. Bei der Durchsuchung des Beschuldigten stellte man tatsächlich den Besitz eines solchen Schreibgerätes fest. Darüber hinaus fand man nicht nur Zeichnungen verschiedener Hofdamen in eindeutigen Positionen, sondern auch einen Umschlag. Er war verschlossen, mit einem Siegel versehen und trug die Initialen »H. K.W. – B.«. Bei der Öffnung stellte man fest, dass er nicht nur genaue Darstellungen der Düse enthielt, sondern auch eine Beschreibung des Leitungssystems in der Düsenkammer und im Wasserhaus.

»Er hat die geheime Konstruktion der Düse abgezeichnet! An wen ist denn wohl der Umschlag mit diesen seltsamen Initialen gerichtet?«, fragte von Most.

Charbonnier zögerte ein wenig, dann flüsterte er dem Hofmarschall einen Namen in sein Ohr.

»Das kann zu diplomatischen Verwicklungen führen!«, entsetzte sich der Hofmarschall. »Wir dürfen dies nicht an die Öffentlichkeit dringen lassen!«

So hatte Charbonnier ein weiteres Geheimnis um die Düse zu bewahren. Erst zweihundert Jahre später wurde der Umschlag mit den Zeichnungen in einer Akte des Staatsarchivs wiederentdeckt. Von der Hand Charbonniers waren die Initialen ausgeschrieben worden, wahrscheinlich mit dem Bleistift, den die Hand des »ersten Spions Deutschlands« geführt hatte, wie ein Historiker bemerkte: »H.-erzog K.-arl W.-ilhelm zu B.-raunschweig.« Dem Herzog stand offenkundig der Sinn nach einer eigenen Fontäne im Braunschweiger Schlossgarten, die dem kleinen Hof zu Glanz verhelfen sollte. Der Spion hatte auf seinen zahlreichen Reisen nicht nur den ungewöhnlichen Stift aus England mitgebracht, sondern war auch in das benachbarte Herzogtum gefahren. Um sein Leben mit neuestem Londoner Schick finanzieren zu können, war er wohl gewissen Verlockungen erlegen, das Konstruktionsprinzip der Düse zu erkunden und zu verraten. Neidvoll hatte man von Braunschweig nach Hannover geblickt. Dabei ist es bis heute geblieben.

Dr. Peter Claus

Dr. Peter Claus wurde 1966 in Bremen geboren. Nach dem Studium der Biologie und Promotion in Göttingen verbrachte er mehrere Jahre in Los Angeles, USA, als Postdoctoral Fellow. Seit 1999 ist er als Wissenschaftler und Privatdozent für Anatomie an der Medizinischen Hochschule Hannover tätig. Peter Claus schreibt bereits seit seiner Schulzeit und arbeitet momentan an einem Krimi im Wissenschaftsmilieu des 19. Jahrhunderts. »Tod in der Fontäne« ist seine erste belletristische Veröffentlichung.

Una donna
Vroni Kiefer

Schuld war der Polizist. Und natürlich Sergio. Ohne den mehr als dämlichen Streit mit Sergio wäre ich nicht blindlings in die Eilenriede gelaufen; und ohne die Ermahnungen des Polizisten, die mich allzu sehr an Sergios Vorwürfe erinnerten, hätte ich nicht getan, was ich tat.

»Wusstest du eigentlich, dass sich einige Russen, vor allem die Pianisten, hier öfter mal einschließen lassen?«, fragte ich, als das Licht der Hochschule mehrmals an und aus ging, Zeichen des ungeduldigen Pförtners, dass man nun wirklich zum Hauptausgang zu kommen habe. »Manche leben ja mehr oder weniger hier … Fändest du's nicht witzig, auch mal eine Nacht hier zu verbringen? Wir könnten uns auf dem Flügel lieben …«

»Auf dem Flügel – Felicitas, bist du wahnsinnig?«, hatte Sergio mit der Entrüstung eines Pianisten geantwortet, als hätte ich vorgeschlagen, einen undichten Putzeimer darauf zu stellen. »Und was sollen wir bitteschön essen? Ich will jetzt zu mich nach hause, und dann kochen wir schöne Pasta und wenn wir dann Lust haben, gehen wir bitte in Bett, verstehst du, in Bett wie alle normale Paare.« Wie selbstverständlich hatte er dabei seine Noten eingepackt und den Raum verlassen, ohne ein Fünkchen Unsicherheit, ob ich ihm folgen würde.

»Warum musst Du immer andres sein als alle andre? Das ist so anstrengend!! Und wenn Du morge Despina nicht singst, wie sie in Noten steht, wird dich die professoressa sicher nicht zu der Wettbewerb lassen!«

Das war unter der Gürtellinie, und das wusste er. Wahrscheinlich hatte ich deshalb die Chance, überhaupt Luft zu holen für eine Antwort, aber in mir war eine so heftige Wut aufgeplatzt, dass sich all die während seines Wortschwalls in mir aufgetauchten Erwiderungen – ist es vielleicht *dein* Flügel? – es gibt doch die Essensautomaten – es heißt zu *mir* – seit wann sind wir ein normales Paar? – ich dachte, du magst es, dass ich anders bin – du bist auch anstrengend – ich habe mich *versungen*, verdammt nochmal, das war diesmal keine »künstlerische Freiheit« – in mir zu einem einzigen geschrienen Satz zusammenballten: »WIE KANN EIN ITALIENER NUR SO SCHEISSDEUTSCH SEIN?!«

Und damit stürmte ich aus der Haupttür, wohl wissend, dass er noch – unter den Augen des um diese Uhrzeit chronisch genervten Pförtners – unbedingt seine Tasche mit Geld und Hausschlüssel aus dem Schließfach holen musste. Das gab mir einen guten Vorsprung, und anstatt in die Richtung meiner Wohnung in der List oder seines Zimmers im Zooviertel zu laufen, rannte ich eben an der Hochschule vorbei mitten in den Wald. Es war schon ziemlich dunkel, aber ich schäumte so vor Wut, dass mich nicht einmal ein Anflug von Angst überkam.

Ich erschrak auch kaum, als ich mehr oder weniger in den patrouillierenden grauhaarigen Polizisten lief, den ich schon vom Sehen kannte.

»Na, na, na, junges Fräulein, so spät wollen wir doch nicht in den dunklen Wald laufen?«

Der arme Kerl mit seiner antiquierten Art bekam eine gute Restportion meiner Aufgebrachtheit mit, als ich schnippisch antwortete: »Das ist doch wohl jetzt nicht auch noch verboten worden, oder? Ich fahre ja schon nicht mehr mit dem Rad, um bloß nichts falsch zu machen! Und außerdem sind Sie ja da, mein Freund und Helfer, Sie werden mich schon retten, wenn der schwarze Mann auftaucht! – Und nennen Sie mich nicht Fräulein, bitte, ja?!«

Er schien die Spitze mit dem Fahrrad nicht zu verstehen; ein paar Monate zuvor hatte er mich mit meiner Tante Isa, zu Besuch aus Amerika, vom Bürgersteig in der Eichstraße aus angerufen: »Aber bitte nicht nebeneinander, meine Damen!« Wir hatten nur gekichert, und Tante Isa sagte in ihrer leicht amerikanisch eingefärbten, sorglosen Art: »Oh Mann, das erinnert mich so an meine Jugend! Die sehen noch genauso aus und benehmen sich noch genauso wie in den Siebzigern!« Jedenfalls hörte ich ihn jetzt, schon ein Stück weitergedampft, nur noch rufen: »Fräuleinchen, Sie werden auch noch verstehen, dass Ordnung dazu da ist, Sie zu beschützen! Ich kann nicht immer überall sein!«

Gott sei Dank, dachte ich; diesen Gedanken sollte ich nicht allzu viel später bitter bereuen.

Ich kam an einen der Teiche, der mit der Brücke, den ich besonders mochte. Eine Zeit lang stand ich auf ihr und starrte auf die schwarze

Fläche, aber es roch dort etwas muffig. Also setzte ich mich an das flache, nicht ganz trockene Ufer. Sofort dachte ich, dass Sergio sich aufgeregt hätte, warum ich nicht die Bank gleich daneben nehmen konnte. Und schon hatte ich das dringende Bedürfnis, etwas zu tun, worüber sich sowohl er als auch unser braver deutscher Eilenriedenwächter mächtig aufgeregt hätten. In voller Montur, mit Schuhen und ohne die Hose hochzukrempeln, watete ich ins Wasser. Fast hätte ich mich ganz hineingeschmissen, aber in letzter Sekunde fiel mir ein, dass ich mein Handy in der Seitentasche hatte – so weit ging der kreative Trotz denn doch nicht. Und dann sah ich etwas auf mich zuschwimmen, und für einen Moment erkannte ich unter der Brücke einen Schwan, dessen Hals unter Wasser war. Bis heute begreife ich nicht, wie sich mir dieses Bild zusammensetzte. Es war kein Schwan. Es war ein Arm.

Ich hörte Janine mit den Polizisten flüstern. »Ja, alles klar … Und sie schläft bestimmt ein von der Spritze? … Ich weiß nicht, ob ich sie morgen schon dazu bringen kann, aber ich versuche es … Nein, ich habe keine Angst, ist o. k. … Wiedersehen.«

Während alles verschwamm, hoffte ich in einem Anfall kindlichen Glaubens, dass ich mich beim Aufwachen nur an einen wirren, schlimmen Traum erinnern würde. Aber als ich gegen elf Uhr erwachte, wusste ich, bevor ich überhaupt die viel zu schweren Lider öffnen konnte, wieder um jede Einzelheit der schrecklichsten Nacht meines Lebens.

Es hatte mich unsägliche Panik erfasst beim Anblick der Leiche, und ich war beim Loslaufen einmal komplett im Wasser gelandet, war wie eine Wahnsinnige zurück zur Hochschule gestürzt und dann über die Straße in den Weinpavillon. Bis zu diesem Moment hatte ich nicht einen Laut von mir gegeben, und mein Anblick löste eine Lachsalve aus; es musste ausgesehen haben, als hätte ich mich mit Sergio gestritten und wäre im Teich gelandet, die Haare hingen mir fast komplett im Gesicht. Dann hörte ich eine mir vollkommen unvertraute, grelle, rissige Stimme – meine – wieder und wieder schreien: »Ruf die Polizei! Ruf die Polizei!« Ich merkte genau, dass ein Student, ein Tenor aus einer anderen Klasse, mich total hysterisch fand und sicher immer noch an einen Beziehungsstreit dachte, aber die Bedienung, Elena, griff sofort zum Telefon.

Ich musste die Beamten zum Teich führen, wurde dann aber sofort zum Streifenwagen gebracht und vernommen. Dabei muss ich relativ unzusammenhängend gestottert haben, denn die Beamtin, die mich befragen sollte, beschloss recht schnell, meine Aussage erst am nächsten Tag zu Protokoll zu nehmen, wenn ich ausgeschlafen hätte. Es gab mir selbst zu denken, dass ich, als sie fragte, wen sie anrufen solle und bei wem ich am besten schlafen könne, sofort an Janine dachte, nicht an Sergio. Und nun lag ich in Janines Bett – sie selbst schlief auf ihrer Isomatte im Wohnarbeitsesskochzimmer – und wusste, dass nichts daran vorbeiführte, demnächst die Augen zu öffnen und zur Polizeiwache aufzubrechen.

»Wozu, meintest du, kannst du mich vielleicht heute noch nicht bringen, Jane?« fragte ich beim Frühstück, das für mich nur aus heißer Schokolade bestand.

»Die haben gemeint, es wäre sehr wichtig, dass du so schnell wie möglich wieder ans Studieren gehst und in die Hochschule, sonst könntest du zu große Barrieren aufbauen, überhaupt wieder da hinzugehen. Und du sollst auch bald einen Termin mit einem der Hochschulpsychologen oder der Polizeipsychologin ausmachen. – Sag mal, Feli, soll ich jetzt mitkommen?«

Aber so panisch ich in der Nacht zuvor gewesen war, so klar war ich jetzt. »Ist nicht nötig, Jane, aber vielleicht kannst du Frau Nassau Bescheid sagen, falls ich um drei noch nicht wieder da bin – aber am besten so, dass es keiner mitbekommt!«

In dieser Hinsicht war ich natürlich etwas naiv. Ich hätte ahnen können, das ALLE schon Bescheid wussten, als ich wieder an den Emmichplatz kam. Die Zeugen aus dem Weinpavillon hatten sich nicht bemüßigt gefühlt, besonders diskret zu sein, und spätestens nach der morgendlichen Radiomeldung eines Leichenfunds in der Eilenriede, die noch immer abgesperrt war, hatten sie sich wohl das Nötige zusammengesetzt. Überall standen Klumpen von Studierenden zusammen, und ich kam mir vor wie Harry Potter, all diesen Blicken aus Tuschelgruppen heraus ausgesetzt zu sein.

Vor Professor Nassaus Tür wartete eine bleiche Janine, die noch nicht hineingegangen war. »Sag mal, haben sie dir gesagt, wer das war?«, fragte sie mit einer vagen Kopfbewegung Richtung Eilenriede.

»Nein, eine junge Frau, aber nicht wer. Das wissen sie noch gar nicht.«

Ich sah Erleichterung in ihrem Gesicht aufscheinen.

»Die drehen jetzt alle durch! Es geht das Gerücht rum, dass es eine Studentin von hier ist. Die einen sagen, es müsste Maria Wehler sein, die anderen, Beata Dings … die aus der Klasse von Frau Willemsen.«

»Beata Mala? Also, Dinkler?« (Sie gehörte zu den Sängerinnen, die sich schon während des Studiums einen Künstlernamen zugelegt hatten.) »Jane, so ein Quatsch! Wie kommen die denn darauf?! Wenn noch nicht mal die Polizei weiß …«

»Maria war heute Mittag nicht in der Klassenstunde und hat ihr Trio versetzt, was sie nie tut. Und Beata ist seit vorgestern nicht gesehen worden.«

»Ich muss jetzt da rein«, sagte ich und dachte einerseits, Gott, was für eine Scheiße, wie wichtig die sich nehmen, Hauptsache Panik machen; andererseits kam mir zum ersten Mal in den Sinn, dass da in dem Teich wirklich eine Person gelegen haben könnte, die ich kannte. Es war sofort eine »Leiche« für mich gewesen; jetzt schämte ich mich irgendwie – hätte es nicht mein erster Gedanke sein müssen? Unwillkürlich fragte ich mich, ob der Arm, die Hand, die ich gesehen hatte, eher einer Pianistin hätte gehören können – Maria – oder einer Sängerin – Beata …

Im nächsten Augenblick stand ich vor meiner Lehrerin und – vor Sergio. Natürlich. Despina. Himmel, ich war so konzentriert darauf gewesen, um fünfzehn Uhr pünktlich *da* zu sein, dass ich gar nicht daran gedacht hatte, was *dann* wäre.

»Geht es dir gut, Felicitas?«, fragte die Professorin. Sie hatte mit Sicherheit in der Mittagspause davon gehört, vor dem Weinpavillon. Sergio sah mich nicht an, sondern starrte ausdruckslos auf die Klaviertasten.

»Ich … das ist o. k … Sie wollten doch heute entscheiden, ob ich … ob wir beim Wettbewerb mitmachen können? Ich … Die haben … Es ist besser, wenn ich mein Studium so normal weitermache wie möglich, wissen Sie.«

»Ich verstehe. Du musst das machen, wie du denkst, Feli. Soll ich dich einsingen? Nein? Gleich *Una donna*? Wie du meinst.«

Diese Minute läuft seitdem in meinem Kopf immer wieder wie in Zeitlupe ab. Sie setzt sich. Sergio, ohne hochzuschauen, breitet die Noten aus, legt die Hände auf die Tasten, gibt den Akkord. Ich atme in den Brustkorb, denke das eingestrichene d; singe »*una donna, a quindici anni …*«. Nein, eben nicht. Es kommt kein Ton. Nichts. Ich starre sie an, bin nicht sicher, ob ich einen Hörsturz habe und in Wirklichkeit glockenreine Töne produziere. Ich sehe in ihren Augen, dass ich nicht singe. Es wird Nacht.

Eine Woche später ging ich das nächste Mal in die Hochschule. Zwei Tage Krankenhaus, drei bei Janine, und seit gestern war ich wieder in meiner kleinen Wohnung in der Gretchenstraße. Im Krankenhaus war ich geschont worden, aber als ich zu Janine kam, sagte sie es mir, bevor ich es aus der Zeitung oder von übereifrigen Kommilitonen hörte: Es war Beata. Sie war wirklich das Opfer. Getötet durch einen Nackenschuss, den niemand gehört hatte. Wahrscheinlich mit Schalldämpfer. Die Hochschule für Musik und Theater, unsere gute HMT, stand Kopf. Sogar das Fernsehen war aufgetaucht und hatte in Ermangelung der Augenzeugin den blöden Tenor, Florian, interviewt. Das war mir ganz recht; mein Handy samt SIM-Karte war durch das unfreiwillige Bad dahin, und so war ich nie zu erreichen gewesen. Ich wollte eigentlich nur in Ruhe gelassen werden und konnte auch meine Eltern überzeugen, nicht zu kommen. Der Einzige, von dem ich mir gewünscht hätte, dass er sich bei mir gemeldet hätte, war Sergio. Ich konnte es trotz allem nicht fassen, dass wir nicht ein einziges Mal geredet hatten seit jener Nacht. Die Enttäuschung war so herb, dass ich mich innerlich noch weiter zurückzog. Von dem Wettbewerb in drei Wochen konnte keine Rede mehr sein; nicht nur, weil er mein Begleiter war, sondern auch, weil ich beim Singen immer noch keinen Ton herausbrachte. Sprechen konnte ich ganz normal, nur singen nicht. Keinen Ton, wie an jenem Tag.

Am Emmichplatz hatte sich alles so weit beruhigt. Zwar spürte ich von vielen immer noch eine Scheu, mich direkt anzuschauen oder anzusprechen, andere taten betont harmlos, und eine letzte kleinere Gruppe fing doch an, mir neugierige Fragen zu stellen, aber insgesamt war ich doch erschüttert, wie normal alles schon wieder geworden war. Was hatte ich erwartet? Ich selbst versuchte ja mit zunächst sehr geringem, aber wachsendem Erfolg das Gleiche. Ich ging jeden Tag in die Hochschule, auch in den Gesangsunterricht und probierte jeden Tag, ob ich Töne produzieren konnte. Es blieb bei Atemübungen, die meistens in Weinkrämpfen endeten, was mich erleichterte, mir aber meine Singstimme nicht wiedergab. Alles, was ich erlebt hatte, das Finden der Leiche, den Verlauf des Abends und die drei folgenden Gespräche mit der Polizei, lief mir immer wieder vor Augen und Ohren ab wie ein Film, den man selbst geschnitten hat und in- und auswendig kennt. Meine Panik, selbst im Streifenwagen, dass der Mörder noch da gewesen sein könnte, mein Gefühl, es sei auf der anderen Uferseite ein Schatten zu sehen gewesen; meine seltsame Erleichterung am nächsten Mittag, als man mir sagte, dass die Leiche schon einen Tag dort gelegen hätte (die Leiche Beatas war mit mehreren Steinen beschwert gewesen, nur ihr Arm hatte sich gelöst und war nach oben getrieben worden); und ohne mich wahrscheinlich erst ein paar Tage später entdeckt worden wäre, wenn der Gestank sich ins Unerträgliche gesteigert hätte; meine von schlechtem Gewissen begleitete Lüge, ich hätte von der Uferbank aus eine seltsame Reflexion im Wasser unter der Brücke gesehen und sei dann beim näheren Hinschauen vom Ufer abgerutscht und, da ich schon nass war, weitergewatet (ich schämte mich der albernen Vorgeschichte meiner Wut auf Sergio und den deutschen Ordnungshüter); das zweite Interview auf der Wache, als ich zu Beata befragt wurde wie viele andere Kommilitonen auch, und schließlich der überraschende Besuch des Streifenpolizisten, der mich etwas kleinlaut machte.

Er klingelte, als ich gerade mit Janine Schokolade mit (Sprüh-)Sahne trank, was mein von ihr durchaus kritisch beäugter Nahrungsfavorit geblieben war (»Weißt du, die Figur ist vielleicht erstmal unwichtig, aber die Milch verschleimt doch total, meinst du nicht?« – »Was momentan ja wohl scheißegal ist, wenn sowieso kein Ton kommt, oder?«) Ich öffnete und war einen Moment sprachlos.

»Oh, sind Sie mit der Aufklärung von dem Fall beschäftigt?«, sagte ich wie in einem schlechten Drehbuch und schämte mich im nächsten Augenblick in Grund und Boden, denn er arbeitete natürlich nicht im Morddezernat, worauf er mich auch sofort mit mildem Lächeln hinwies.

»Nein, ich wollte nur sehen, wie es Ihnen geht. Ich habe von den Kollegen alles gehört, und da war mir klar, dass Sie das gewesen sein müssen und dass Sie wohl bald nach unserer kleinen Diskussion die furchtbare Entdeckung gemacht haben müssen, während ich in aller Ruhe meinen Dienst beendet habe, nicht ohne mich sehr über die so unvorsichtige und nicht sehr höfliche Jugend von heute zu ärgern.«

Janine war aus der Küche in den Flur gekommen und schaute neugierig drein.

»Grüße Sie, Schmidt der Name. Ich wollte die Fräuleins auch nicht stören. Aber Fräulein Hamann, wenn Sie Hilfe brauchen oder Sie sich nicht sicher fühlen, rufen Sie mich doch an. Ich halte jetzt die Augen natürlich dreifach offen und habe schon meine Aussage gemacht, ist ja sozusagen mein Revier, der Tatort. Wenn Ihnen etwas einfällt, auch eine Kleinigkeit, können Sie auch zu mir kommen.« Er drückte mir einen handgeschriebenen Zettel mit einer Telefonnummer in die Hand (nicht mal eine Visitenkarte hat er, dachte ich halb amüsiert, halb mitleidig). »Das ist meine Privatnummer, vor acht und ab zweiundzwanzig Uhr bin ich ganz sicher da, sonst probieren Sie es einfach. Ich weiß, die Kollegen sind sehr viel nüchterner, und da traut man sich manchmal nicht, irgendetwas zu sagen, man kommt sich blöd vor, irgendwelche Vermutungen zu äußern, nicht wahr. Also dann … Wiedersehn!«

»Fräuleins!«, prustete Janine los, kaum dass ich die Tür hinter ihm geschlossen hatte.

»Lass mal, Jane«, sagte ich, irgendwie verärgert, weil ich mich selbst nicht mehr aufrichtig über ihn lustig machen konnte, »du musst hinter die Fassade schauen. Der macht sich immerhin wirklich Gedanken. Auch wenn er sich 'n bisschen sehr wichtig nimmt.«

Aber er hatte, was die Arbeit der Kripo betraf, nicht unrecht. Alle waren freundlich zu mir, aber die Gespräche liefen so geschult ab, so nüchtern, und mit Grausen dachte ich an das über Beata. Ich hatte sie nicht gut gekannt, aber sie war für mich eine positive Figur. Sie war oft aufgedreht gewesen, unkonventionell und selbstsicher wie in der selbstverständlichen Wahl ihres Künstlernamens Mala, der spitze Zungen zu Spekulationen über mangelnde Italienischkenntnisse verleitet hatte. Sie war als notorische Zuspätkommerin bekannt und hatte bei den ganz Gehässigen den Ruf einer Nymphomanin, was an der HMT aber nichts heißen musste.

Ich hatte in meiner Aussage versucht, mein Bild von ihr wiederzugeben.

»Mit wem hatte sie zuletzt eine intime Beziehung?«, lautete die anschließende Frage der Beamtin, es war nicht dieselbe wie die in der ersten Nacht.

»Das weiß ich nicht genau … «, sagte ich zögernd, denn mir fiel plötzlich etwas ein, was ich ein paar Tage vor der fraglichen Zeit gesehen hatte. Sie sah mich an.

»Ihnen wurde schon gesagt, dass das Opfer nicht vergewaltigt wurde?« Ich nickte stumm. Es war die einzige Frage gewesen, die ich von mir aus gestellt hatte am Tag danach. »Ich darf Ihnen allerdings jetzt sagen, dass sie direkt vor ihrem Tod Geschlechtsverkehr hatte. Sie werden verstehen, dass das unser Ausgangspunkt sein muss für die Untersuchungen. Wir können niemanden zu DNA-Proben zwingen, schon gar nicht die ganze Hochschule oder wer noch dafür infrage kommt. Die Dame scheint ein etwas weitschweifiges Sexualleben gehabt zu haben; deshalb wäre es besonders wichtig, wenn Sie uns etwas zu den jüngsten Beziehungen sagen könnten.«

Ich merkte, wie sich in mir vor Widerwillen alles zusammenballte; der Ton, ihre unterdrückt angewiderte Herablassung machten mich wütend, ich fühlte mich selbst angegriffen, obwohl ich Sergio seit eineinhalb Jahren treu war. Deswegen sprach ich auch meinen Verdacht nicht aus, der mir vor wenigen Minuten gekommen war. Ich hatte sie am Freitag, gut gelaunt wie meistens, aus dem Raum eines Gesangslehrers – nicht ihres Lehrers – kommen sehen, als ich vor dem Raum meiner eigenen Professorin wartete, und sie hatte mir ein spitzbübisches Lächeln geschenkt. Ein paar Minuten später war auch Professor Herberts selbst herausgekommen. Eigentlich ging es nicht deutlicher, aber ich war in Gedanken vollkommen bei meiner Despina und dem anstehenden Wettbewerb. Deshalb hatte ich das Ganze registriert, ohne es wirklich wahrzunehmen. Hätten andere vor der Tür gestanden, wäre es sicher sofort Hochschulgespräch gewesen. Montag war sie dann ermordet worden, Dienstag hatte ich sie gefunden. Dieses Lächeln war das Letzte gewesen, was ich von ihr gesehen hatte, wurde mir in diesem Moment klar.

Das geht euch einen Scheißdreck an, dachte ich, während ich laut sagte:»Ich glaube, da müssen Sie andere fragen. Außerdem gibt es *niemanden* an der HMT, wirklich *niemanden*, der jemanden umbringen würde! Das ist doch total pervers!«

– SIM-Karte!!!   – neues Handy
– einkaufen, Wäsche
– Geb. Tante Isa! ---> anrufen + Eltern + BAFöG-Amt
– Sergio???? – mit Prof. Herberts sprechen???
– Polizist anrufen? (Name?)
– Termin Psycho??? Oder Foniater?
– Prof. Nassau wg. übernächstem Wettbewerb

Meine Liste mit zu erledigenden Dingen wuchs sich immer mehr aus. Die brisanten Punkte blieben unberührt, ich ging nur die normalen Erledigungen an. Das Geburtstagsgespräch mit Tante Isa heiterte mich immerhin etwas auf. Sie verstand es, selbst einem solch ernsten Inhalt komische Seiten abzugewinnen; ganz besonders das erneute Treffen mit ihrem »deutschen Lieblingsbullen« ließ sie zu Hochform auflaufen. Als ich zum ersten Mal die SIM-Ersatzkarte in ein geliehenes Handy einlegte, gab es einige Nachrichten abzuhören. Die erste war aber schon so schockierend, dass ich sie mehrere Male abhörte. Es war Sergio, und es war die schreckliche Nacht. »Weißt du, wie beschisse ich das finde, dass du einfach abhaust?! Felicitas! Wenn du das hörst, dann komm vorbei. Ich kann so nicht weitermachen mit dir. Ach, Scheiße …« Es folgte eine seltsame Pause, und ich konnte den Gedanken nicht unterdrücken, dass *er* sich immer beschwert hatte, wenn ich ihm überhaupt oder zumindest zu lange auf die Mailbox gesprochen hatte, weil das Abhören so teuer war. Es war irgendein unterdrückter Laut zu hören, den ich nicht deuten konnte, dann: »Feli, bitte! Ich muss dir sagen etwas!!! Bitte! Madonna, non so più cosa fare, per favore, Feli …« Das alles zusammen, die Stimme, die jetzt eindeutig tränenerstickt war, der dicke Grammatikfehler und das anschließende Verfallen ins Italienische war so alarmierend, dass ich ihn sofort anrief und fragte, wo er sei.

»In eine Ubezelle. Wieso?«

»Warte am Pavillon auf mich, ich komme!«

Das darauf folgende Gespräch war so unerfreulich, dass ich froh war, als Professor Herberts mit den meisten seiner Studenten, fast nur Männerstimmen, auftauchte und sie ungefragt unseren kleinen Tisch in eine Tischgruppe integrierten, um nach seiner Klassenstunde zu Mittag zu essen. Sergio hatte sich unerklärlich kühl verhalten und mir nur mitgeteilt, ich habe mich total kindisch benommen. Von seiner Verzweiflung wollte er nichts mehr hören, und als ich ihm den Anruf vorspielte, drückte er nach zwei Sätzen »aus Versehen« auf die Löschtaste. Ich wäre am liebsten in Tränen ausgebrochen, aber meine Wut und der unbedingte Wille, ihm keinerlei Schwäche zu zeigen, siegten. Und nun saßen wir beide stumm und vor uns hin starrend in der lärmenden und etwas exaltierten Gruppe. Florian, durch seinen Fernsehauftritt immer noch im Höhenflug, war bester Laune und unterhielt die gesamte Klasse.

»Die wollen jetzt übrigens von allen Männern an der Hochschule freiwillige Samenspenden einsammeln, weil sie denken, dass der, der die Mala das letzte Mal gepoppt hat, wahrscheinlich auch ein gefährliches Spielzeug dabei hatte, das dann zufällig an ihrem Nacken losgegangen ist.« Ich bemerkte, dass Sergio ihn genauso angeekelt anstarrte wie ich, und meine innere Verhärtung weichte ein wenig auf. »Also, ich geb gerne was ab, bei mir ist es schon lang genug her mit ihr … Und du doch sicher auch, oder, Frédéric?«

Ein paar Studenten lachten, Frédéric war schwul.

»Ich halte das für ganz richtig, um in der Sache weiterzukommen«, schaltete sich Professor Herberts ein, »ich werde das auch machen.«

»Ach, wirklich?!«, entfuhr es mir; er hatte es gehört und sah mich nachdenklich an. Glücklicherweise ging die Bemerkung ansonsten unter, weil Florian weiter Reden schwang.

»Ach, Sergio, du bist ja auch da! Ich hatte dich noch gar nicht bemerkt. Einem Italiener geht's sicher gegen die Berufsehre, was in ein Glas zu verschwenden, hm? Aber ansonsten dürftest du doch keine Bedenken haben, oder? Du hast schließlich deine Feli, und Italiener sind ja treu, wie man weiß …«

»Ti ammazzo, Arschloch!«, schrie Sergio so unvermutet, dass ich fast vom Stuhl gefallen wäre, und rauschte über die Straße davon in Richtung Hochschule.

»Was hat er gesagt?«, fragte Florian.

»Ich bring dich um, Arschloch«, antwortete der Professor ruhig.

»Ups«, hauchte Florian dramatisch mit einem bedeutsamen Blick in die Runde, »oh, bitte, nicht noch ein Mord!«

Ich fand Sergio in der Übezelle, gegen den Klavierhocker gekauert und schluchzend.

»Feli, ich kann nicht mehr! Das war ich … ich hab mit ihr geschlafen … ich weiß nicht, was ich tun kann … ich kann doch nicht zu Polizei gehen!«

Plötzlich flogen vor meinem inneren Auge wie in einer umgekehrten Explosion vorher verstreute Puzzleteile zusammen. Seine späte Absage, bei mir zu übernachten am Montag, seine Gereiztheit den ganzen Dienstag und dann der vom Zaun gebrochene Streit, weil ich an einem ungewöhnlichen Ort mit ihm schlafen wollte, der Anruf auf der Mailbox, seine Kälte …

»Aber ich hab sie nicht umgebracht, hörst du?!« Daran hatte ich nicht eine Sekunde gedacht. »Sie hat mich so scharf gemacht und gemeint, sie wüsste eine gute Platz. Eine Decke hatte sie in ihre Spind, und da hat Florian uns gesehen. Der wusste wahrscheinlich sofort Bescheid, der hatte das ja schon hinter sich. Dann sind wir ausgerechnet da hingegangen, wo ich mit dir im erste Sommer auch war, weißt du, neben die eine Wiese, wo man nicht in die Büsche kucken kann … Ich war einfach nicht ich selbst! Es war auch ganz schnell vorbei, und ich bin sofort abgehaue und hab sie da liegen gelassen.«

Ich drehte mich wortlos um und ging. Inmitten der Klänge aus den Übezellen entlang der »Schnecke« rannte ich los, als könnte ich damit verhindern, dass mich die Tränen einholten. Auf dem Flur im ersten Stockwerk stieß ich ausgerechnet mit Professor Herberts zusammen, der gerade auf dem Weg zu seinem Unterrichtsraum war.

»Felicitas, gut, dass ich Sie treffe. Kann ich Sie kurz sprechen, bitte?«

Ich ließ mich fast willenlos in seinen Raum führen, aber währenddessen hatte ich plötzlich die Vision von einem Eifersuchtsdrama zwischen ihm und Sergio, das für Beata tödlich endete, und dann sah ich ihn meine Leiche in seinem Schrank entsorgen, bevor der nächste Student käme ...

»Hören Sie, ich möchte Sie um etwas bitten. Ich kann mich erinnern, wie Sie vor diesem Raum gestanden haben, als ich nach dem Gespräch mit Beata herauskam.«

»Aha. Und nun soll ich bitte die Diskretion wahren, ja? Ich soll einen Verdächtigen decken?«

»Felicitas, das Leben ist keine Mozartoper. Wenn sich zwei Menschen unterschiedlichen Geschlechts in einem Raum befinden, heißt das nicht zwangsläufig, dass sie ein Verhältnis haben. Und das Leben ist auch kein Krimi. Beata wollte ein Urlaubssemester einreichen und dann den Lehrer wechseln, sie überlegte, in meine Klasse zu kommen. Das können Sie überprüfen; außerdem können Sie Sergio fragen, der ist ja auch ihr Begleiter und dürfte davon gewusst haben. Ich möchte Sie nur bitten, tatsächlich Diskretion zu wahren, und zwar Frau Professor Willemsen gegenüber. Es ist nicht nötig, dass sie jetzt noch davon erfährt.«

Als ich wieder zu Hause war, kam ich mir klein und albern vor und verschlief den Rest des Tages. Es war schon dämmerig, als ich aufwachte, aber ich fühlte mich müder und unentschlossener als vorher. Sollte ich der Polizei von Sergio erzählen und damit für sie wertvolle Hinweise liefern – die sie dann aber ganz sicher nicht zu Beatas Mörder führen würden? Sollte ich ihn schonen und mir die Sperma-Aktion an der HMT anschauen in dem Wissen, dass all der Aufwand umsonst war? Oder hatte Florian die sogar nur erfunden, um Sergio zu provozieren? Vielleicht würde er selbst zur Polizei gehen ... Dann wäre es doch besser, wenn ich es meldete ... Dann tat ich etwas, was ich mir vor zwei Wochen selbst noch nicht geglaubt hätte.

»Schmidt?«, meldete sich mein persönlicher Freund und Helfer (Gott sei Dank, diesmal merkst du dir den Namen aber!).

»Herr Schmidt, hier ist Felicitas Hamann … vielleicht erinnern Sie sich?«

»Aber natürlich, Fräulein Hamann, natürlich. Wie kann ich Ihnen helfen?«

Im selben Moment verließ mich jeder Mut, von Sergio zu sprechen. Auch wenn Herr Schmidt den Mord nicht untersuchte, war er doch eine offizielle Instanz, selbst unter seiner Privatnummer. Warum hatte ich nicht mit Janine gesprochen. Da fiel mir etwas ganz Banales ein, womit ich das Gespräch eröffnen konnte. »Ich … ich soll Sie schön grüßen, von meiner Tante aus Amerika. Sie haben uns damals auf unseren Rädern zur Ordnung gerufen, wissen Sie noch? Tante Isa freut sich, dass mein Verhältnis zur Polizei so viel besser geworden ist; sie sagte, ich solle Sie fragen, ob Sie an alte, ausgediente Uniformen kommen könnten? Sie war bei Ihrem Anblick ein bisschen nostalgisch geworden, und in den USA …«

Sein Ton hatte eine unverkennbare Schärfe, als er mich unterbrach: »Junge Frau, ich habe Ihnen meine Nummer aber nicht gegeben, damit Sie mich nach zehn Uhr mit Ihrem Spott bedenken. Mit solchen Fragen müssen Sie sich wohl an irgendwelche Internetanbieter wenden, ich kenne mich da nicht aus.«

Das war gründlich danebengegangen; ich wusste, er würde gleich auflegen. Ohne weitere Einleitung platzte ich heraus mit meiner Geschichte von Sergio und mir und Beata und Florian. Als er nach einer kurzen Stille wieder sprach, konnte ich deutlich eine unterdrückte Aufregung in seiner Stimme hören.

»Und Sie wissen, wo diese Stelle ist? Könnten Sie mich hinführen?«

»Ja, schon …« sagte ich zögernd. Ich hatte eigentlich keine Lust, die alten Erinnerungen wachzurufen und mir gleichzeitig Beata und Sergio dort vorzustellen.

»Ist Ihnen klar, dass dieser Ort wahrscheinlich der Tatort ist, der von den Kollegen noch nicht gefunden wurde? Lassen Sie uns hingehen, vielleicht finden wir etwas Wichtiges, etwas, das Ihren Freund gleichzeitig entlasten könnte. Bis morgen Früh können Sie dann überlegen, ob Sie seinen Namen angeben.«

Das klang vernünftig, aber ich vermutete noch ein anderes Motiv dahinter: Der gute Mann hatte sicher nur noch wenige Jahre bis zur

Pensionierung und sah das als einmalige Chance, ein paar Lorbeeren einzuheimsen. Meinetwegen.

Als ich gleich darauf auf dem Fahrrad durch die Flüggestraße und die Eichstraße zu unserem Treffpunkt (genau da, wo ich hinter der Hochschule in ihn gerannt war) fuhr, in der endlich, so spät in diesem lauen Oktober, doch herbstlich anmutenden Luft, überwältigte mich plötzlich ein intensives neues Lebensgefühl. Etwas ging zu Ende, etwas begann. Die Müdigkeit in meinem Körper wich einer unglaublichen Klarheit in meinem Kopf; ich sah einzelne, wichtige Ereignisse der letzten Wochen und Monate in fast schmerzender, dennoch wohltuender Deutlichkeit vor mir. Dass ich sang, meine Despina-Arie sang, bemerkte ich erst an der Stelle »dove il diavolo ha la coda, cosa è bene e mal cos'è … « Es war ein Damaskus-Erlebnis. Noch auf dem Fahrrad schrieb ich freihändig eine SMS an Janine. Am Statusbericht sah ich, dass sie sie sofort bekam. Alles würde gut werden; ich kam mir zum zweiten Mal vor wie Harry Potter, diesmal unter dem Einfluss von »Felix felicis« (wie passend, bei meinem Namen!), dem Glückstrank, der alles gelingen ließ.

Herr Schmidt sah genauso aus, wie ich es erwartet hatte, und er war auch so ungeduldig, wie ich es gedacht hatte. Aber ich ließ mir meine Ruhe nicht nehmen, auch nicht, als ich ihn erst zur falschen Wiese geführt hatte; es war immerhin schon dunkel, und ich kannte die Eilenriede sicher weniger gut als er. Endlich waren wir am richtigen Gebüsch. Sofort sah ich im Schein seiner Taschenlampe eine hellbraune, blutbefleckte Decke hinter ziemlich viel Gestrüpp.

»Ist es da gewesen?«, flüsterte er. »Fassen Sie nichts an, aber zeigen Sie mir doch bitte, wie man da hineinkommt.«

»Aber nur, wenn Sie mir zeigen, wie Sie Beata umgebracht haben, o. k.?«, sagte ich freundlich lächelnd. »Die Decke haben Sie wieder mitgebracht, wie praktisch! Hätten Sie mich jetzt auch darin eingewickelt und wieder zum Teich geschleppt?«

Trotz der Dunkelheit konnte ich erkennen, dass er einen Moment sprachlos war.

»Ich wusste, dass Sie bald drauf kommen würden«, sagte er dann heiser. »Sie schauen genauer hin als andere, und es tut mir Leid, dass ein Mädchen mit Ihrer Intelligenz nichts für Recht und Ordnung übrig hat. Warum halten Sie sich nicht einfach an die Regeln?«

»Halten Sie mich nicht für unverschämt, Herr – Schmidt? –, aber wie wär's, wenn Sie vor Ihrer eigenen Tür kehrten? Waren Sie denn irgendwann wirklich Polizist? Ist das Ihre alte Uniform oder die von einem der Internetanbieter, mit denen Sie sich so schlecht auskennen? Warum haben Sie eigentlich die Silberknöpfe nicht durch modernere ersetzt oder die Schulterklappen aktualisiert? Dann hätte ich es nie bemerkt!«

Er leuchtete mit der Taschenlampe kurz auf seine Uniformtasche und holte etwas heraus. Trotz meiner bescheidenen Fernsehkrimi-Erfahrung hatte ich keinen Zweifel daran, dass es ein Schalldämpfer war.

»Warum lassen Sie es nicht darauf beruhen, dass so ein subversives Objekt wie dieses nymphomanische Hippie-Weib aus dem Weg ist! Sie hat doch sogar Ihren Freund verführt!« Das verschlug mir nun wiederum kurz die Sprache. »Diese Gesellschaft ist so verrottet«, fuhr er mit einem lang angestauten Hass in der Stimme fort, »und Sie, die angebliche Elite, Sie tun nichts als den ganzen Tag Regeln zu brechen, querbeet zu vögeln und unsere Steuergelder in Milchkaffee zu verwandeln!«

Ich hörte das Klicken des Schalldämpfers auf seiner Pistole. Von Felix felicis war nichts mehr zu spüren. Ich hatte mich total überschätzt. Ich versuchte meiner Stimme einen festen Klang zu geben. »Meine beste Freundin weiß, dass ich mich mit Ihnen treffe. Sie wird spätestens morgen Früh Alarm schlagen, und sie kennt Ihr Gesicht. Selbst wenn Sie nicht wirklich Schmidt heißen, Sie werden hier nicht mehr den patrouillierenden Polizisten spielen können.«

»Oh, ich weiß schon! Dieses kleine Biest, Janine Mercks, nicht wahr? Keine Sorge. An die hatte ich schon gedacht. Die ist auch so eine, nicht? Ich habe genau gehört, wie sie mich ausgelacht hat bei Ihnen. Die bekommt gleich eine SMS von Ihnen, dass sie sofort hierher kommen muss – Sie haben Ihr Handy doch sicher dabei?«

Ironie des Schicksals, dachte ich.

»Drehen Sie sich um«, sagte er, nicht unfreundlich. »Wissen Sie, wenigstens ein kleines Stück Deutschland habe ich immer sauber gehalten. Ich habe die Zahl der Penner hier Stück für Stück reduziert, und ich werde …«

Wir beide zuckten zusammen, als wir das unverkennbare Geräusch eines gerade Nachricht empfangenden Funkgerätes hörten. In diesem Moment erst wurde mir klar, dass ich nicht wusste, wie ich selbst auf meine SMS reagiert hätte, wäre sie von Janine gekommen: »Kein scherz!

bin mit dem mörder in eilenriede an d. ersten wiese, er wird mich umbringen. ruf nicht an. hol sofort viel polizei ohne blaulicht! bitte!!« Aber
Janine hatte es getan.

Ich schrie sofort: »Hier! Hier!«, und sprang zur Seite mitten in den
kratzenden Busch. Es war unnötig, Herr Schmidt oder wie auch immer stand mit hängenden Armen da und ließ sich von den wirklichen
Ordnungshütern festnehmen. Vielleicht hatte er schon viele Jahre darauf
gewartet.

Den Gesangswettbewerb habe ich übrigens gewonnen, mit meiner Despina-Arie und Maria Wehler als Begleiterin. Man fand nicht nur meine
Stimme von außergewöhnlicher Klarheit, sondern auch meinen Ausdruck in der Textinterpretation besonders gelungen. *Dove il diavolo ha
la coda …*

Vroni Kiefer

Vroni Kiefer wurde 1974 in Regensburg geboren und studierte Französisch, Katholische Theologie und Italienisch in Trier, Lille und Freiburg. 2001 schloss sie eine Schauspielausbildung an der Reduta Berlin ab, Engagements an der Komödie Kassel, beim Theater auf Tour Frankfurt und an der commedia futura sowie der Landesbühne Hannover folgten. Ihr Filmdebüt gab sie 2004 als Tilde in »Tears of Kali« unter der Regie von Andreas Marschall. Das Wort hat für die Schauspielerin Vroni Kiefer eine ganz besondere Bedeutung, und so war es für sie absehbar, sich irgendwann selbst dem Schreiben zu widmen. In ihrem Beitrag »Una donna« setzte sie viele Beobachtungen des täglichen Lebens an der Musikhochschule um – aber auch eine reale Begegnung mit einem sich antiquiert benehmenden Polizisten diente ihr als Inspiration.

Die dunkle Seite des Maschsees

Kathrin Steidel

Eigentlich war ich nie besonders sportlich. In der Schule fand ich Sportunterricht meist lästig bis grauenvoll, und als Erwachsene wusste ich bis letztes Jahr auch Besseres mit meiner Freizeit anzufangen, als sie mir mit Sport zu verderben. Doch seit ich arbeitslos bin, habe ich mit »Walking« angefangen, da ich ja nun viel Zeit habe und mir denke, ein bisschen Bewegung tut mir vielleicht doch ganz gut. Anfangs bin ich nur flott in der Leinemasch spazieren gegangen, die bei mir sozusagen vor der Haustür liegt, da ich in Döhren wohne, wo ich mir eine Wohnung mit meiner Mutter teile. Doch inzwischen mache ich auch diese albern aussehenden Armbewegungen und drehe mehr oder weniger regelmäßig meine Runde um den Maschsee, meistens zusammen mit etlichen anderen Leuten.

Heute ist es allerdings später Nachmittag geworden und schon ganz schön dunkel, außerdem ist es kalt und ungemütlich, also werde ich diesmal wohl ziemlich alleine auf der Strecke sein. Ich schließe mein Fahrrad beim Eingang zum Strandbad an und mache mich fröstelnd auf, den See im Uhrzeigersinn zu umrunden. Ich wünschte, ich hätte Schal und Handschuhe dabei, aber die habe ich gestern Abend bei Lothar liegen gelassen.

Als ich vom Parkplatz auf den Karl-Thiele-Weg einbiege, wird mir etwas mulmig. Huh, es ist wirklich schon recht finster dort. Eigentlich verrückt, jetzt noch ganz alleine dort im Dunkeln entlangzulaufen. Aber dieser Tag war so scheußlich; ich war schlecht gelaunt, habe stundenlang vor dem Computer gesessen und im Internet nach Stellenanzeigen gesucht, und es hat die meiste Zeit geregnet, sodass ich nicht früher hinaus konnte. Jetzt brauche ich unbedingt etwas Bewegung und frische Luft. Außerdem gewöhnen sich meine Augen allmählich an die Dunkelheit, ich kenne den Weg inzwischen sowieso schon wie meine Westentasche, und wer soll da jetzt bei dem Wetter schon irgendwo im Gebüsch lauern und darauf warten, dass tatsächlich noch jemand vorbeikommt?

Wenigstens hat Lothar vorhin noch angerufen, sich für gestern Abend entschuldigt und gefragt, ob wir uns heute noch treffen können. Ich habe ihm gesagt, dass ich erst meine Maschseerunde drehen möchte und mich danach wieder melde. Mal sehen. Aber es hat meine Stimmung immerhin etwas gehoben.

Ihn kennen zu lernen war das Beste, was mir dieses Jahr passiert ist. Dabei war der Tag, an dem wir uns zum ersten Mal begegnet sind, eigentlich furchtbar …

Ich bin letzten Winter gern gelegentlich im Großen Garten von Herrenhausen spazieren gegangen. Zu dieser Jahreszeit ist der Eintritt ja immer noch frei, und wochentags ist es meist auch ziemlich leer, sodass man ganz in Ruhe dort herumwandern kann. An jenem Tag schlenderte ich zur Großen Fontäne und betrat durch ein kleines Tor einen dreieckigen, von hohen Hecken umgebenen und hauptsächlich mit Bäumen und Büschen bepflanzten Garten. Ich ging einen kurzen Weg entlang, der in einem Rondell endete, und setzte mich dort auf eine Bank. Es war ziemlich kalt, aber ein paar Minuten lang wollte ich trotzdem in dieser herrlichen Stille und Abgeschiedenheit verweilen. Im Sommer wäre das hier sicherlich ein lauschiges Plätzchen für Liebespärchen oder, in früheren Zeiten, für adelige junge Damen, die in den herrschaftlichen Gärten lustwandelten und sich zum Tuscheln vielleicht gern in solch einen verborgenen Garten zurückzogen.

Ein Rascheln weckte mich aus meinen Tagträumen. Es kam von irgendwo hinter mir; ich drehte mich um und spähte zwischen die kahlen Büsche. Eine Amsel, die im Laub wühlte, war die Verursacherin des Geräusches. Doch ich sah noch etwas – weiter hinten im Gebüsch leuchtete etwas Rotes, das zu dieser Jahreszeit wohl keine Blume sein konnte. Ich ärgerte mich, dass offenbar wieder jemand seinen Müll einfach in die Gegend geworfen hatte und beschloss, die Chipstüte, oder was immer es wäre, mitzunehmen und in den nächsten Abfalleimer zu werfen. Da ich allmählich anfing zu frieren, stand ich gleich auf und schob mich vorsichtig durch die Büsche auf den roten Fleck zu. Doch als ich näher kam, traute ich meinen Augen nicht: Was ich von Weitem für einen Haufen aus Laub, toten Zweigen und vielleicht Erde gehalten hatte, sah immer mehr aus wie … Hm, das konnte doch nicht sein, das gibt's doch nur im

Fernsehen – aber ich sah vor mir eine braungraue und daher gut getarnte Jacke, aus der an einem Ende eine schwarze Jeans ragte, die wiederum in zwei schwarze Stiefel überging, und das alles war offensichtlich nicht leer, sondern umhüllte einen am Boden liegenden Körper. Das Rote befand sich am anderen Ende der Jacke und entpuppte sich nun als Schal, halb verdeckt von einem Schopf wirrer brauner Haare. Ich sah auch einen Arm und eine bleiche, verkrampfte Hand, und das Gesicht … Davon sah ich zum Glück nicht allzu viel, da die Frau – es war wohl eine Frau – auf dem Bauch lag und ihr Gesicht nur leicht zur Seite gedreht war. Doch was davon nicht auch von Haaren verdeckt war, sah verzerrt und bläulich aus. Eine Leiche! Es musste eine Leiche sein, denn es war eher unwahrscheinlich, dass sich im Januar jemand zum Schlafen in die Büsche legte, und überhaupt sah diese Frau nicht mehr sehr lebendig aus. Ich hatte eine Leiche gefunden! Oh Gott! Wie war die hier bloß hergekommen? Ob der Mörder noch in der Nähe war? Es musste doch Mord sein, oder? Wenn eine Frau hier im Winter tot in den Büschen lag?

Polizei! Ich muss die Polizei benachrichtigen!, schoss es mir durch den Kopf. In diesem Augenblick wünschte ich mir, ein Handy zu besitzen. Ich drehte mich um, kämpfte mich durch das Gebüsch und zerstörte dabei vermutlich alle möglichen Spuren – doch daran dachte ich in dem Moment nicht –, stolperte den Weg entlang, durch das Gartentor und prallte gegen ein Hindernis. Ich taumelte zurück und erkannte in dem Hindernis einen Mann, der offenbar gerade vor dem Tor entlanggegangen war. Im ersten Moment hätte ich fast geschrien und wollte schon weglaufen, doch dann kam ich mir albern vor. Sicher war er nur ein Spaziergänger wie ich auch, der zufällig vorbeigekommen war. Er sah mich erschrocken an.

»Alles in Ordnung?«, fragte er. »Sie sehen aus, als hätten Sie ein Gespenst gesehen.«

Mit klarerem Kopf hätte ich vielleicht eine originelle Antwort darauf geben können, doch so stammelte ich nur: »Eine Leiche! Da drin liegt eine Leiche!«

Er schaute ziemlich skeptisch. »Sind Sie sicher?«, fragte er. »Vielleicht ist es nur ein Laubhaufen oder so etwas.« Vermutlich hielt er mich für eine hysterische Kuh.

»Nein, es ist wirklich eine Leiche. Ich habe sie deutlich gesehen. Es ist eine Frau, und sie sieht sehr tot aus, soweit ich das beurteilen kann. Haben Sie vielleicht ein Handy? Ich muss die Polizei benachrichtigen.«

»Nein, ich habe leider auch kein Handy. Ich lehne diese Dinger ab.«
Er spähte über meine Schulter durch das Gartentor. »Sie meinen, da ist
wirklich eine tote Frau in dem Garten? Vielleicht sollte ich mir das mal
ansehen.«

Allmählich konnte ich wieder klarer denken. Ich hob abwehrend die
Hände. »Nein, lassen Sie das lieber. Sie liegt im Gebüsch, man kann sie
vom Weg aus nicht sehr gut sehen. Ich bin da schon in den Büschen
herumgekrochen und habe vermutlich wertvolle Spuren zertrampelt. Ich
denke, die Polizei wäre nicht besonders begeistert, wenn noch jemand
da herumlatschen würde. Außerdem würden Sie dabei eigene Spuren
hinterlassen, und Sie wollen doch nicht verdächtigt werden, oder? Ich
gehe jetzt nach draußen zum Infopavillon. Dort werden sie bestimmt
ein Telefon haben.«

Er schien einen Augenblick zu überlegen. »Hm«, meinte er dann, »Sie
haben sicher Recht. Ich komme mit Ihnen. Falls es Mord war, könnte der
Mörder noch in der Nähe sein. Da ist es nicht gut, hier alleine herum-
zulaufen.«

Ich fragte mich, ob er um mich oder vielleicht eher um sich selbst
besorgt war, hatte aber nichts einzuwenden. Wir eilten los, in Richtung
Ausgang, wobei ich vergeblich nach anderen Personen Ausschau hielt, die
ich noch um Hilfe hätte bitten können. Doch als wir uns den Schwanen-
teichen näherten, wurde mein Begleiter plötzlich langsamer und blieb
stehen.

»Warten Sie, bitte!«, rief er.

»Was ist?«, fragte ich.

»Ich habe nachgedacht. Ich, ähm, möchte lieber nicht zur Polizei gehen. Ich habe mich heute bei der Arbeit krankgemeldet; ich fühlte mich
so schlecht heute Morgen. Aber vorhin dachte ich mir, ein Spaziergang
an der frischen Luft könnte mir ganz gut tun. Deshalb bin ich hierher
gekommen. Wenn nun mein Arbeitgeber erfährt, dass ich nicht zu Hause
im Bett liege, sondern draußen herumgelaufen bin … Wenn ich mich
bei der Polizei als Zeuge für einen Leichenfund melde, kommt mein
Ausflug bestimmt heraus. Früher wäre das vielleicht nicht so schlimm
gewesen, aber heutzutage … Könnten Sie vielleicht lieber die Polizei alleine anrufen und am besten auch gar nicht erwähnen, dass Sie jemanden
getroffen haben? Ich wäre Ihnen wirklich dankbar.«

Ich zögerte etwas. Eigentlich gefiel mir der Gedanke nicht besonders,
bei der Polizei nicht die Wahrheit zu sagen. Aber andererseits hatte ich

natürlich auch Verständnis für seine Sorgen. Also stimmte ich widerstrebend zu.

»Vielen Dank! Sie sind großartig!«, sagte er offensichtlich erleichtert. »Vielleicht könnten Sie mir ja Ihre Telefonnummer geben? Dann könnte ich Sie in ein paar Tagen anrufen und hören, wie es gelaufen ist. Ich würde schon gern wissen, was mit dieser Leiche ist und wie es Ihnen bei der Polizei ergangen ist. Aber nur, wenn Sie möchten, natürlich.«

Eigentlich gebe ich nicht gerne wildfremden Leuten meine Nummer. Aber er schien ganz nett zu sein, und immerhin war das eine Gelegenheit, mal wieder einen Mann kennen zu lernen, also gab ich sie ihm und eilte alleine weiter.

Inzwischen hat sich der Fußweg, auf dem ich laufe, vom geteerten Fahrradweg entfernt und mich durch den kleinen Park geführt, in dem Lothar und ich letzten Frühling und Sommer ab und zu mal eine Weile auf einer Bank gesessen und uns an den hübschen Blumen, Büschen und Gräsern erfreut haben. Es ist wirklich ein nettes Plätzchen; nur die häufig auf der nahen Bahnstrecke vorbeiratternden Züge stören die Idylle leider etwas. Jetzt erahne ich im Dunkeln lediglich die verwelkten Überreste auf den Beeten. Rechts von mir schimmert das Wasser, und ich kann in der Ferne die Lichter der Stadt jenseits des Sees sehen. Über die Treppen beim Pumpenhaus – ups, beinahe wäre ich gestolpert – und der Fußweg schwenkt wieder parallel zum Radweg ein. Keine entlangsausenden Skater heute …

Bei der Polizei machte ich eine ausführliche Aussage, wie versprochen jedoch ohne meine Begegnung mit jenem Mann zu erwähnen. Anfangs plagte mich deswegen ein schlechtes Gewissen, doch dann erfuhr ich aus der HAZ, dass die tote Frau schon mehrere Tage dort im Garten gelegen haben musste. Sie war offenbar auch dort ermordet, mit ihrem roten Schal erwürgt worden. Besucher des Großen Gartens hatten etwa eine Woche zuvor einen sich seltsam benehmenden bärtigen Mann bei der Großen Fontäne gesehen, der nun zunächst einmal als Zeuge gesucht wurde. Ferner stellte die Polizei Verbindungen zu zwei anderen Morden her, die in den letzten Jahren in Hannover begangen und bisher nicht aufgeklärt worden waren. Das erste Opfer war vorletzten Winter eines Morgens tot in der Eilenriede gefunden worden, das andere etwa ein halbes Jahr später in einem abgelegenen Winkel des Stöckener Friedhofs. Beide Frauen waren merkwürdigerweise ebenfalls mit ihren eigenen Schals bzw. Halstüchern erwürgt worden, obwohl der zweite Mord im Sommer stattgefunden hatte. Ein Sexualdelikt lag aber anscheinend nicht vor. Die Polizei hatte zwar Spuren gesichert, aber keine konkreten Anhaltspunkte gefunden, die sie zu dem Täter oder den Tätern geführt hätten. Nun, nach dem dritten gleichartigen Mord, war offenbar nicht nur die Bild-Zeitung zu dem Schluss gekommen, dass es sich um einen Serientäter handeln musste. In den Medien erhielt er bald den Spitznamen »Schalmörder«.

Alle drei Opfer waren alleinstehend, und zumindest bei zweien von ihnen hatten Freunde und Verwandte ausgesagt, dass sie sich in den Wochen oder Monaten vor ihrem Tod öfter mit einem Mann getroffen hätten. In beiden Fällen hatte keiner der Zeugen diesen Freund je gesehen, und es war nicht klar, ob es sich beide Male um denselben Mann gehandelt haben könnte. Jetzt suchte man also nach einem Unbekannten, der alle drei Opfer gekannt hatte, und vermutete wohl, dass es sich dabei um den mysteriösen bärtigen Mann aus dem Großen Garten handeln könnte, der sich nie bei der Polizei gemeldet hatte.

Dafür meldete sich mein mysteriöser Mann vom Großen Garten drei Wochen später bei mir, fragte, wie es mir ginge und ob er mich treffen dürfe. Wir verabredeten uns am klassischen hannoverschen Treffpunkt, der Kröpcke-Uhr, und gingen einen Kaffee trinken. Ich erzählte ihm, wie es mir bei der Polizei ergangen war, und er dankte mir für mein Schweigen. Dann sprachen wir allgemein über alle drei Fälle und schließlich über dies und das. Ich hatte erst vorgehabt, nur kurz zu bleiben, doch es wurden mehrere Stunden, und auch mehrere Tassen Kaffee, daraus.

Wir trafen uns wieder, erst nur ab und zu, dann öfter. Manchmal lud er mich zum Essen ein, aber oft gingen wir auch nur spazieren. Obwohl wir nichts sonderlich Aufregendes unternahmen, wurde es nie langweilig mit ihm, uns gingen nie die Themen für eine Unterhaltung aus, und sein Humor gefiel mir auch.

Bei unserer ersten Verabredung hätte ich mir das nicht träumen lassen, denn anfangs war er mir eher etwas verschroben und altbacken vorgekommen, war auch äußerlich nicht gerade mein Traummann und trug zu allem Überfluss den Namen Lothar. Doch je besser ich ihn kennen lernte, desto lieber mochte ich ihn. Schließlich lud er mich zu sich nach Hause ein. Er wohnte in einem kleinen, älteren Einfamilienhaus in

Oberricklingen, das er bis vor etwa drei Jahren noch gemeinsam mit seinen Eltern bewohnt hatte. Nachdem beide kurz nacheinander gestorben waren, hatte er angefangen, es ein bisschen zu modernisieren, doch es atmete immer noch den Muff der Zeit, in der es von Lothars Eltern eingerichtet worden war. Trotzdem war es auf seine Art gemütlich, und wir kochten und aßen zusammen, unterhielten uns, schauten Videos, spielten Scrabble oder Trivial Pursuit – doch mehr passierte nie.

Ich erzählte ihm von meiner Mutter, mit der ich zusammenwohne und die ich nicht alleine lassen möchte, um vielleicht in einer anderen Stadt zu arbeiten, von den Sorgen, die ich mir deswegen um die Zukunft mache, ferner von den wenigen, aber engen Freunden, die ich habe und meinem bisher eher mageren Liebesleben. Das Schöne dabei war, dass ich vor ihm ganz offen sein konnte, ohne zu befürchten, ihn vielleicht abzuschrecken, da sein Leben ja ähnlich aussah wie meins. Er erzählte mir im Gegenzug von seinen Eltern, mit denen er sehr eng verbunden gewesen war, davon, dass er eigentlich keine wirklichen Freunde hatte, weil er eher schüchtern und kontaktscheu war, und dass er nach dem Tod seiner Eltern beschlossen hatte, sein Leben in die Hand zu nehmen, vielleicht eine Freundin zu finden und eine Beziehung aufzubauen, was aber bisher immer gescheitert war. Vielleicht habe ich ihn auch deshalb so lieb gewonnen – weil wir uns so ähnlich sind.

Inzwischen habe ich die Stelle erreicht, an der der Weg eine weite Linkskurve macht und den Blick über den See auf das Nordufer freigibt. An einem einzeln stehenden, schräg über das Wasser ragenden Baum bleibe ich einen Moment stehen. Das beleuchtete Rathaus und die scheinbar direkt dahinter stehende Marktkirche heben sich wunderschön gegen den dunklen Himmel ab, und sogar das seltsame neue Nord/LB-Gebäude am Aegi, das aussieht, als habe ein Kind unbeholfen Bauklötze übereinander gestapelt, bietet jetzt, im Dunkeln bläulich schimmernd, einen faszinierenden Anblick.

Hinter mir raschelt es. Für einen Augenblick fühle ich mich wieder in den kleinen Garten an der Großen Fontäne zurückversetzt, und ich spüre, wie meine Nackenhaare sich sträuben. Schnell drehe ich mich um, doch hinter mir kann ich nichts erkennen als die vagen Umrisse von Büschen und Bäumen, die zwischen Fuß- und Radweg stehen. Ich schaudere, hoffe, dass es nur ein Vogel oder eine Maus war und dass mich nichts aus dem Gebüsch heraus anspringt. Schnell gehe ich weiter.

Alles war sehr schön, bis gestern Abend. Nachdem wir uns nun schon über ein halbes Jahr kennen und meine Zuneigung auch auf Gegenseitigkeit zu beruhen scheint, verspüre ich inzwischen schon immer stärker den Wunsch, auch Zärtlichkeiten auszutauschen und unsere Freundschaft zu einer echten Beziehung weiterzuentwickeln. Ich wundere mich schon ein wenig, dass er noch nie etwas in dieser Richtung versucht hat, nahm aber bisher an, dass er einfach nur zu schüchtern und zu höflich dafür sei. Also hatte ich mir für gestern Abend vorgenommen, den ersten Schritt zu tun.

Wie so oft kochten und aßen wir zusammen, wobei der Tisch besonders schön mit Kerzen geschmückt war. Anschließend schlug ich vor, ein Video zu schauen, und wir machten es uns wie immer auf dem Sofa gemütlich. Doch als ich während des Filmes näher an ihn heranrückte, mich an ihn kuschelte, hatte ich das Gefühl, dass er sehr angespannt war. Ich schob es auf Schüchternheit und Nervosität. Als ich ihn schließlich auch noch küsste und Anstalten machte, sein Hemd aufzuknöpfen, sprang er auf wie von der Tarantel gestochen, schrie:»Lass das!«, und floh ins Bad.

Ich war erst völlig perplex, dann frustriert und auch ein bisschen beleidigt. Während ich überlegte, ob ich einfach gleich nach Hause fahren sollte, schaltete ich das Licht ein, wanderte im Zimmer herum und griff schließlich nach einem Fotoalbum, in dem er mir einmal Fotos von seinen Eltern gezeigt hatte und das nun auf einem Sideboard lag. Ich blätterte halb geistesabwesend durch die hinteren Seiten, die ich noch nicht kannte, und entdeckte dabei zufällig ein relativ neu aussehendes Bild von Lothar mit einer braunhaarigen Frau, die wohl so um die dreißig war. Ob das eine der kurzen, gescheiterten Beziehungen war? Neugierig schaute ich es mir näher an, als Lothar wieder aus dem Bad kam.

»Was machst du da?«, herrschte er mich an.»Gib das her! Wie kommst du dazu, in meinen Sachen zu schnüffeln?«

»Entschuldigung!« Ich gab ihm das Album. »Was ist denn bloß los mit dir?«

Er wurde fast hysterisch, warf mir vor, ich würde alles kaputtmachen, wir hätten doch bisher eine so gute Beziehung gehabt und uns so gut verstanden; er hätte gedacht, ich wäre anders als die anderen Frauen, aber ich sei doch genau wie alle anderen, wolle nur Sex und würde mich über ihn lustig machen, und ich solle verschwinden.

Völlig verstört fuhr ich nach Hause. Die ganze Zeit spukten wilde Spekulationen in meinem Kopf herum, was wohl Lothars Problem sein könnte. Ich schlief schlecht und wachte heute Morgen wie gerädert auf. Meine Mutter, die sich ohnehin wunderte, wer wohl der Mann war, mit dem ich mich so oft traf, der aber noch nie zu uns nach Hause gekommen war, nervte mich heute auch ein bisschen mit neugierigen Fragen. Dann das schlechte Wetter, die vergeblichen Stunden vor dem Computer – es war ein mieser Tag, bis schließlich Lothar anrief. Es täte ihm Leid und er wolle mich treffen, um über alles zu reden. Das hat meine Laune ein bisschen gebessert. Mal sehen, was dabei herauskommt. Vielleicht erklärt er mir ja, warum er sich so komisch benommen hat.

Jetzt bin ich schon an den Bootshäusern vorbei. Der Weg ist hier ziemlich dunkel, weil er sich etwas vom Ufer entfernt hat. Ich bin froh, wenn ich das Nordufer erreicht habe und endlich mit Beleuchtung laufen kann. Links neben mir raschelt es wieder, und aus dem Augenwinkel erahne ich mehr eine Bewegung, als dass ich sie sehe. Ich fahre herum und nehme eine dunkle Gestalt wahr, die hinter einem Baum gestanden haben muss und nun direkt hinter mir aufgetaucht ist. Im selben Moment spüre ich etwas in meinem Nacken, straff und doch irgendwie weich. Ich reiße instinktiv die Arme hoch und auseinander, treffe so die Arme des Angreifers und drücke sie weg – das habe ich mal vor langer Zeit in einem Selbstverteidigungskurs gelernt. Dann fällt mir gleich auch die nächste Lektion von damals ein, ich ramme ein Knie hoch und treffe offenbar, denn die Gestalt gibt einen dumpfen Schmerzensschrei von sich und taumelt zurück. Ich spüre immer noch etwas in meinem Nacken, greife danach, bekomme etwas Weiches, Flauschiges zu fassen und ziehe es von meinen Schultern, dann drehe ich mich wieder um und renne los, Richtung Nordufer. Mich beherrscht nur ein Gedanke: weg, bloß weg hier!

Während ich laufe, versuche ich mich an sein Gesicht zu erinnern, doch ging alles so schnell, und es war so dunkel – ich habe nichts erkennen können. Ob er mir wohl folgt? Wie lange wird er gebraucht haben, um sich von dem Tritt zu erholen und hinter mir herzulaufen? Wie dicht hinter mir wird er sein? Nur nicht umdrehen und schauen, das machen Flüchtende in Filmen immer so und dann fallen sie hin. Weiter, nur weiterlaufen. Wie weit ist es bloß noch? Ich versuche auf Schritte hinter mir zu horchen, doch alles, was ich hören kann, ist das Hämmern meines Herzens, das Blut, das in meinen Ohren rauscht, mein keuchender Atem und meine eigenen Schritte. Meine Beine fühlen sich immer kraftloser an, die kalte Luft brennt in meinen Lungen, und ich habe das Gefühl, kaum noch Sauerstoff aufzunehmen. Doch ich traue mich nicht, anzuhalten, erwarte jeden Moment, von hinten gepackt zu werden, die Panik treibt mich weiter. Weiterlaufen, bloß nicht anhalten, rechter Fuß, linker Fuß, noch ein Schritt, noch einer … Da, endlich sehe ich die Lichter des Marriot-Hotels vor mir, es ist nicht mehr weit. Ich spüre den Kies unter meinen Füßen, höre ihn knirschen, nur noch bis zum Restaurant, da ist Licht, da sind Menschen, da bin ich in Sicherheit. Doch ich kann nicht mehr, ich kann nicht mehr, ich kriege keine Luft mehr, meine Beine knicken unter mir weg, ich stürze auf den Kies. Einen Augenblick möchte ich einfach nur liegen bleiben, doch da höre ich ein leises Knirschen hinter mir, das mir einen neuen Adrenalinstoß versetzt. Schnelle Schritte knirschen auf dem Kies, kommen rasch näher – der Angreifer hat mich also doch verfolgt, gleich hat er mich …

Mit letzter Kraft drehe ich mich um, um ihm wenigstens entgegenzusehen, mich vielleicht noch verteidigen zu können, hebe abwehrend die Arme und sehe – eine junge Frau in Sportkleidung auf mich zulaufen, deutlich schneller und fitter als ich. Dicht vor mir stoppt sie und schaut mich besorgt an.

»Ist alles in Ordnung?«, fragt sie. »Haben Sie sich etwas getan? Sie sehen ja völlig fertig aus.«

»Haben Sie einen Mann gesehen? Einen Mann ganz in Schwarz? Er hat mich angegriffen! Sie haben Glück gehabt, dass er Sie nicht auch angefallen hat!«

»Nee, ich habe niemanden gesehen. Doch, ich glaube, da war jemand auf der einen Leine-Brücke, der lief weg. Ob er das war? Und er hat Sie wirklich angegriffen? Man kann echt nirgendwo mehr im Dunkeln alleine langlaufen. Sie sollten zur Polizei gehen. Konnten Sie sein Gesicht sehen? Oder haben Sie sonst irgendetwas in der Hand?«

In der Hand! Mir fällt das Weiche wieder ein, das ich von meinem Nacken gezogen hatte. Ich habe es die ganze Zeit fest umklammert gehalten und habe es auch jetzt noch in der Hand. Es fühlt sich vertraut an, lang, schmal und weich, und ich ahne schon, was für ein Ding es war. Mithilfe der Joggerin stehe ich auf und schleppe mich zur nächsten Laterne. Ich halte den Atem an, als ich den Gegenstand ins Licht hebe und sehe, was es ist – und es ist nicht irgendeiner, nein, es ist mein eigener Schal …

Dr. Kathrin Steidel

Dr. Kathrin Steidel wurde 1967 in Hildesheim geboren und ist dort aufgewachsen. Sie studierte Chemie und promovierte anschließend an der Medizinischen Hochschule im Fach Biochemie. In dieser Zeit zog sie nach Hannover, wo sie heute als freie Dozentin für Physik und Chemie an einer Berufsfachschule tätig ist. Lesen zählt sie zu ihren Lieblingsbeschäftigungen, insbesondere Krimis, wobei sie die menschliche Seite der Geschichte immer mehr interessiert als kriminaltechnische Untersuchungen oder geistige Tüfteleien eines Meisterdetektivs. Ihre Geschichte »Die dunkle Seite des Maschsees« war ihr erster – und erfolgreicher – schriftstellerischer Versuch.

Die List der Meilenmütter

Julia Vogt

Mein Friseur hatte mich gewarnt.

»Pass bloß auf, dass du nicht eine von diesen Meilenmuttis wirst«, hatte er mir mit gespielter Entrüstung ins rechte Ohr geraunt, während er mit Rundbürste und Fön meine frisch gesträhnten Haare bearbeitete. Ich hatte ihm gerade erzählt, dass ich im vierten Monat schwanger sei und wir eine schöne Altbauwohnung in der List gefunden hätten, die, nun ja, ein Zimmer mehr hätte als das Appartement im Zooviertel.

Wir mussten damals beide lachen. Den Ausdruck Meilenmutti hatte ich bis dahin noch nie gehört, aber ich wusste natürlich, wen er meinte. Die »jungen Mütter«, die von früh bis spät die Lister Meile ablaufen, als bekämen sie Kilometergeld dafür, ihre Haltung vom Gewicht des Windelrucksacks leicht gebückt, am Ohr das Handy mit der Claudia vom Geburtsvorbereitungskurs am anderen Ende der Leitung. Diesen Frauen stellt man sich besser nicht in den Weg, denn sie haben eine Waffe: den Kinderwagen. Passt man nicht auf, hat man die matschverschmierten Reifen aus der Eilenriede an der weißen Hose oder in der Kassenschlange im Supermarkt hinten in den Fersen.

Und nun war ich also auch so ein Kinderwagen schiebendes Exemplar und fühlte mich dabei wunderbar. Meine Tochter hatte ich vor sechs Wochen geboren, und ich genoss meinen Mutterschutz in vollen Zügen. In meinem Job als Zeitungsreporterin war ich ständig unter Zeitdruck, nun saß ich entspannt unter einem Sonnenschirm beim Italiener auf der Lister Meile und Carolina lag satt und glücklich im Wagen neben mir. Während ich noch überlegte, ob ich lieber Lasagne al forno zum Mittagessen haben wollte oder den Salat mit Mozzarella, klingelte das Handy.

»Hallo, Silke, ich wollte dir noch gratulieren zur Geburt deiner Tochter! Na, wie geht's dir? Vermisst du uns schon?«, fragte der Chefredakteur der Lokalredaktion, Lutz Winkler.

»Danke. Mir geht's hervorragend, wenn ich nachts nicht raus müsste zum Stillen, ging's mir noch besser. Aber mach dir mal keine Sorgen, so groß ist die Sehnsucht nach euch noch nicht.«

»Schade«, meinte er, »ich habe hier nämlich eine ganz mysteriöse Sache, die hätte ich dir gern gegeben. Aber du hast natürlich Recht. Mutterschutz geht vor. Na dann, mach's mal gut!«

Dieser Mistkerl wusste genau, wie er mich kriegen konnte. Mysteriöse Sachen waren meine Spezialität, meine Neugier war geweckt.

»Erzähl mir wenigstens, worum es geht«, bat ich ihn.

»Tja, komische Geschichte«, fing er an. »Bei der Polizei häufen sich Anzeigen wegen Diebstahls gegen unbekannt.«

»Was ist daran bitte ungewöhnlich?«, fragte ich, »das passiert doch fünfzigmal am Tag!«

»Ja, warte ab«, meinte Lutz, »da wird Frauen auf offener Straße Geld gestohlen. Aber die Diebe klauen nicht die Portemonnaies oder Handtaschen, die klauen nur das Geld aus den Portemonnaies, manchmal auch goldene Armreifen oder Eheringe direkt vom Finger.«

»Und wie kommen sie da ran?«

»Das ist ja das Mysteriöse. Die beklauten Frauen behaupten, sie hätten wie unter einem inneren Zwang gehandelt. Eine hat sogar den Dieb mit nach Hause genommen, hat ihn in ihre Wohnung gelassen. Der hat in Seelenruhe alles durchsucht, sich die Taschen voll gestopft und ist dann abgehauen.«

Ich musste lachen. »Das klingt nach einer jungen Mutter. Weißt du, wir Frauen werden vom Stillen alle ein bisschen balla balla. Seit Carolina auf der Welt ist, kann ich nicht mehr ohne Einkaufszettel einkaufen gehen, ich vergesse alles. Und letztens hab ich sogar an der Kasse meine Börse liegen gelassen. Zum Glück hat die Kassiererin es gleich gemerkt und sie für mich aufgehoben.«

»Ja, kenn ich, das war bei meiner Frau ähnlich. Aber diese Frau, die die Anzeige bei der Polizei aufgegeben hat, ist, warte mal, vierundfünfzig. Die hat bestimmt kein kleines Kind mehr, und so alt, dass sie verwirrt ist, ist sie auch nicht. Na ja, ist ja auch egal. Ich habe das hier nur gerade auf den Tisch gekriegt und dachte, schade, wenn Silke jetzt hier säße, wäre das eine schöne Geschichte für sie. Ich werde Bernd mal fragen, ob er ein bisschen recherchieren kann.«

Ach, du liebe Güte, die Not in der Redaktion musste ja groß sein, wenn Lutz auf Bernd zurückgreifen wollte. Der Mann war so dröge, dass man ihn bestenfalls zur Jahresversammlung im Kleingartenverein schicken, aber doch nicht an eine mysteriöse Diebstahlsserie lassen konnte.

»Moment mal, Lutz«, beeilte ich mich zu sagen, »du weißt ja, dass ich im Mutterschutz nur wenig arbeiten darf, aber wo ist das denn passiert?«

»Die meisten Anzeigen sind laut Polizei aus der List, einige auch in der City. Deshalb bin ich ja auf dich gekommen, weil du doch in der List wohnst.«

»Ist ja irre, vielleicht bin ich dann ja das nächste Opfer. In meinem momentanen Zustand der Dauermüdigkeit würde ich das nicht ausschließen. Sei doch so lieb und faxe mir die Pressemitteilung der Polizei nach Hause. Ich werde mich mal umhören. Ich bin hier ja jeden Tag auf der Meile unterwegs, und wenn ich was rauskriege, melde ich mich!«

»Mach ich. Aber lass es sachte angehen, denk an dein Kind!«

Ich schmunzelte. »Keine Bange, die kommt nicht zu kurz, aber jetzt bin ich erst mal mit essen dran. Tschüss Lutz!«

Am späten Nachmittag ging ich mit Carolina nach Hause. Unsere Altbauwohnung war die Erfüllung eines lange gehegten Traumes. Hohe Decken, in zwei Zimmern mit Stuck verziert, Parkettfußboden und Terrazzo in der Küche. Leider befand sich dieser Traum im vierten Stock, und es gab natürlich keinen Fahrstuhl. Vermutlich hatte bereits die Schwangerschaft meinen Verstand verwirrt, als wir den Mietvertrag unterschrieben hatten. Als ich nach sechsundachtzig Stufen keuchend mit Babytragetasche und Einkaufstüte oben ankam, öffnete mir mein Mann die Tür.

»Ich dachte, du wolltest erst in einem halben Jahr wieder anfangen zu arbeiten«, sagte er zur Begrüßung.

»Hallo, erst mal. Ja, will ich, wieso?«

»Weil da ein Pressefax von der Polizei gekommen ist. Seit wann schicken die dir das nach Hause?«

»Ach das, das ist eine Geschichte, die Lutz mir heute erzählt hat. Interessiert mich einfach, wenn bei uns in der Nachbarschaft Frauen beklaut werden. Bist du sauer, dass ich so spät komme?«

»Quatsch, ich freu mich, dich zu sehen. Wie geht's unserer Süßen?«

Nach dem Abendessen las ich die Pressemitteilung der Kriminalpolizei. Sie enthielt kaum mehr Informationen, als Lutz mir schon erzählt hatte. Elf Anzeigen waren in zwei Wochen bei der Kripo eingegangen. Es gab keine brauchbare Täterbeschreibung, die Opfer, meist Frauen, hätten sich wie betäubt gefühlt und nur erinnern können, ihr Geld oder ihren Schmuck dem Täter selbst ausgehändigt zu haben. Später waren sie zur Polizei gegangen und hatten angegeben, sie könnten sich nicht erklären, wieso sie das getan hätten, sie hätten wie unter einem Bann gestanden. Die Kripo bat um Hinweise aus der Bevölkerung und warnte davor, sich von Fremden auf der Straße in ein Gespräch verwickeln zu lassen.

Ich musste sofort an die Wahrsagerinnen denken, über die ich im vergangenen Jahr für meine Zeitung berichtet hatte. Einige Passantinnen hatten sich belästigt gefühlt, weil sie von diesen Frauen wortreich animiert wurden, sich die Zukunft aus der Hand lesen zu lassen. Man musste kein Prophet sein, um zu ahnen, dass es gegen Bares äußerst rosig um die eigene Zukunft bestellt war. Nachdem sich die Klagen über die Wahrsagerinnen gehäuft hatten, waren sie genauso schnell wieder verschwunden, wie sie aufgetaucht waren, aber als Täter kamen sie bei dieser Sache nicht infrage. Es gab zwar keine richtige Täterbeschreibung, aber aus der Mitteilung konnte man immerhin schließen, dass es sich um männliche Täter handelte.

Nun gut, ich würde meine Augen offen halten. Außerdem war morgen Mittwoch, da ging ich mit Carolina zur Rückbildungsgymnastik. Anschließend trafen sich ein paar von uns Müttern im Café, da konnte ich mal fragen, was die anderen von der Sache hielten.

Die Empörung unter den Frauen vom Gymnastikkurs war groß. Die meisten hatten die Meldung der Polizei am Morgen in der Zeitung gelesen. Lutz hatte den Warnhinweis der Kripo in einem Kasten auf der ersten Seite vom Regionalteil gebracht.

»Stellt euch das mal vor! Wie fies!«, meinte Sabine. »Da quatscht dich einer an, und du denkst, biste mal freundlich, vielleicht will er den Weg wissen oder wie spät es ist, und hinterher biste deine Kohle los!«

»Ich kann mir das überhaupt nicht vorstellen«, sagte Barbara, die ihren Julius gerade auf der Sitzbank neben sich wickelte, »ich hab noch nie was an der Haustür gekauft oder so. Bei mir können die nicht landen. Ich geh einfach weiter, wenn mich einer voll blubbern will.«

»Aber manche Menschen sind auch einsam«, meinte Simone, »vielleicht suchen die sich ihre Opfer danach aus, wer so aussieht, als würde er gern angesprochen werden.«

»Ja«, wandte ich ein, »aber wie machen sie das? Wie bringen sie ihre Opfer dazu, das Portemonnaie zu zücken?«

Jelena, mit Mitte zwanzig die jüngste von uns, hatte sich bislang kaum an der Diskussion beteiligt. Sie war erst vor zwei Jahren als Spätaussiedlerin nach Deutschland gekommen und hatte noch Schwierigkeiten mit der Sprache, wenn wir zu schnell redeten. Nun aber meldete sie sich zu Wort.

»In meine Heimat«, sagte sie, »es gibt – ich weiß nicht, wie man sagt auf Deutsch – Männer, die schauen tief in die Augen und dann du bist wie in Traum, in Schlaf.«

»Hypnose!«, warf ich ein.

»Ja, Hypnose«, bestätigte Jelena, »mein Schwager, er lebt in Moskau, hat erzählt, es passiert jeden Tag. Ist ganz normal. Wie Betteln.«

»Moment mal«, fragte Simone, »du meinst, das sind Hypnotiseure, die schauen dich einfach nur an und dann bist du willenlos und rückst dein Geld raus?«

»Ich weiß nicht«, Jelena zuckte mit den Schultern, »ich habe gehört, ja, so ähnlich.«

»Ist ja irre. Mensch, Silke, willst du das nicht mal deiner Zeitung sagen?«, wandte sich Sabine an mich.

»Ja, das ist auf jeden Fall eine Möglichkeit«, sagte ich, »aber vorher werde ich nochmals mit der Polizei telefonieren. Vielleicht können die mir noch was erzählen, was in der Pressemitteilung nicht drinstand.«

Ralf Brauer, der Pressereferent der Kripo Hannover, bestätigte mir, was Jelena vermutet hatte. Mehrere Frauen hatten von stechenden Augen oder einem eindringlichen Blick des Täters gesprochen. Ich fragte ihn, warum er die Öffentlichkeit darüber nicht informiert hätte. Er meinte, die Täterangaben seien so verschieden gewesen, dass sich daraus kein Profil ableiten ließ. Außerdem würden Bösewichte meistens mit negativen Attributen wie stechenden Augen behaftet. Das hätte erst mal nichts zu bedeuten.

Du täuscht dich, dachte ich, sagte aber nichts.

Ich lehnte mich zurück. Für einen Artikel hatte ich noch ein bisschen wenig Stoff, aber Lutz würde ich fairerweise informieren. Hoffentlich vertraute er mir und gab meine Rechercheergebnisse nicht an Bernd weiter. Ich hatte langsam das Gefühl, dass daraus eine richtig gute Geschichte werden könnte. Bevor ich die Redaktionsnummer eingetippt hatte, unterbrach mich Carolina mit wütendem Geschrei. Ach ja, ich blickte auf die Uhr, dreieinhalb Stunden waren seit der letzten Mahlzeit vergangen, da konnte ein kleiner Mensch schon mal Hunger haben. »Ich komme ja schon«, rief ich ihr zu und nahm sie hoch.

Nach dem Stillen waren wir beide auf dem Bett eingeschlafen. Ich träumte von einem großen hageren Mann in einem weiten schwarzen Mantel. Er trug einen spitzen schwarzen Hut wie ein Zauberer und zwang mich mit seinen stahlblauen Augen in die Knie. Ganz klein fühlte ich mich unter diesem Blick. Ohne es zu wollen, lüftete ich Carolinas Bettchen, und er griff sich meine Tochter aus dem Kinderwagen und verschwand.

Ich wachte mit einem kleinen Schrei und schweißgebadet auf. Carolina lag neben mir, den rechten Daumen im halb geöffneten Mund. Verdammt, diesem Spuk musste ein Ende bereitet werden, und ich wusste auch schon wie.

Vom Pressestammtisch kannte ich Roland Zimmer, Lokalreporter beim Stadtradio. Ich rief ihn an.

»Roland? Hier ist Silke, die von der Zeitung.«

»Ach, hi, ich dachte, du hättest ein Kind gekriegt. Oder willst du zu uns wechseln?«

»Nee, lass mal. Ja, ich habe seit sechs Wochen eine Tochter, aber es kann ja nicht schaden, ein bisschen im Job zu bleiben. Sag mal, kannst du mir vielleicht ein paar Aufnahmegeräte von euch leihen?«

»Spinnst du? Die kann ich nicht einfach rausgeben. Was hast du denn vor?«

»Ich versprech dir auch exklusive O-Töne. Bitte! Du hast doch bestimmt von den mysteriösen Meilen-Diebstählen gehört …«

»Ja, und was willst du machen? Eine Umfrage? Guten Tag, sind Sie der Dieb, der Frauen ins Portemonnaie greift?« Er lachte.

»So plump bin ich nicht. Ein bisschen raffinierter wollte ich es schon anstellen.«

Ich erzählte ihm meinen Plan und merkte, wie sein Widerstand schmolz.

»Na gut«, gab Roland klein bei, »aber ich kriege die O-Töne als Einziger und sofort! Außerdem kann ich höchstens vier Geräte rausschleusen und nur für eine Woche. Das sind unsere alten Geräte mit Kassetten. Wir benutzen sie nur noch selten, weil wir jetzt DAT-Rekorder haben.

Aber ich muss die Dinger wiederkriegen, sonst komm ich hier in Teufels Küche!«

»Ich versprech's dir! Danke, Roland!«

Ich legte auf und rechnete nach. Fünf Frauen waren wir bei der Rückbildung, vier Aufnahmegeräte bekam ich von Roland, und als fünftes nahm ich einfach mein Diktiergerät.

Ja, so musste es gehen. Ich spürte, wie meine Erregung wuchs, und ging zur Pinnwand, wo die Adressenliste des Rückbildungskurses hing.

»Überraschung!«, murmelte ich vor mich hin, während ich die erste Nummer auf der Liste wählte.

Die Mädels zusammenzutrommeln war nicht so leicht gewesen, aber schließlich hatten doch alle versprochen, am nächsten Morgen in unser Stammcafé zu kommen.

»Du bist ja verrückt«, meinte Sabine, »das klappt doch nie!«

»Ist das nicht ein bisschen gefährlich?« Simone schüttete einen Zuckerhügel auf ihre Latte macchiato. »Solche Leute gehen doch über Leichen!« Sie schauderte.

»Ach Quatsch!« Die robuste Barbara war die Einzige, die bei der Idee, künftig mit dem Kinderwagen Verbrecher zu jagen, strahlte. »Erstens kann ich ein bisschen Abwechselung vom Wickeln- und Fläschchen-machen gebrauchen und zweitens kommen wir damit vielleicht in die Zeitung!«

»Und wenn es nicht funktioniert, kriegen wir wenigstens ein paar Geräusche von unseren Babys aufs Band«, versuchte Simone sich zu beruhigen, »glucks – glucks – blubber – blubber.«

Alle lachten. Nur Jelena saß wie immer still dabei, versprach aber mitzumachen, auch wenn ihr offensichtlich nicht wohl bei dem Gedanken war.

»Okay«, meinte ich aufmunternd, »wir fangen morgen an und machen es bis Mittwoch, wenn wir uns wiedertreffen bei der Rückbildungs-gymnastik. Das ist eine knappe Woche. Länger geht es sowieso nicht. Und ich sage meinem Chef Bescheid. Wenn der abwinkt, blasen wir es ab. Ansonsten bleiben wir in Kontakt über SMS und Handy. Na dann, viel Glück!«

Lutz Winkler fiel fast der Telefonhörer aus der Hand.

»Du hast WAS? Sag mal, verliert ihr Frauen bei der Geburt eigentlich euren Verstand?«

»Jetzt beruhige dich mal«, warf ich ein, »alles, was ich tue, ist möglicherweise ein Verbrechen aufklären, oder findest du es okay, wenn unbescholtene Frauen um ihre Kohle gebracht werden? Wahrscheinlich kommt sowieso nichts dabei raus, aber wenn, dann hat die Polizei wenigstens den oder die Kriminellen auf Tonband und kann sie leichter überführen oder identifizieren oder was weiß ich.«

»Und du hast deine Story!«

»Genau.«

»Und was macht ihr jetzt genau?«

Ich erklärte ihm unseren Plan: »Alles, was wir tun, ist einen Kassettenrekorder im Kinderwagen spazieren zu fahren. Wir alle sind jeden Tag auf der Lister Meile unterwegs, kaufen ein, gucken nach Babyklamotten, gehen über den Markt ... du weißt schon. Einmal rauf, einmal runter, Babylein will schließlich in den Schlaf geschuckelt werden. Das Gerät ist eingeschaltet, und sobald eine von uns angesprochen wird oder den Verdacht hat, hier läuft irgendwas komisch, greift sie unauffällig unter die Decke und löst die Pausentaste.«

»Und danach ist sie hypnotisiert und öffnet ihre Handtasche.«

»Ja, kann sein. Aber wenn das passiert, wäre es sowieso geschehen, und jede von uns nimmt nur noch ganz wenig Bargeld mit. Ich zahle schon lange alles über 50 Euro mit der Karte, ich hab selten mehr dabei.«

»Tja, Silke«, Lutz klang nicht überzeugt, »ihr seid erwachsene Frauen, was soll ich dazu sagen? Von mir bekommst du den Auftrag nicht für so eine Irrsinnsaktion, aber wenn was dabei rumkommt ...«

»... dann will ich auf Seite eins!«, fiel ich ihm ins Wort.

»Abwarten«, beendete er unser Gespräch.

Drei Tage lang geschah nichts. Am Wochenende waren wir mit Carolina im Zoo. Mein Mann meinte, wir müssten ihr unbedingt den Löwen zeigen, in dessen Sternkreiszeichen sie geboren ist. Der Löwe zeigte uns leider nur sein Löwenhinterteil, und Carolina zeigte mehr Interesse an meiner Brust, aber ansonsten hatten wir ein schönes Wochenende und ich dachte wenig an »meine Mission«. Meinem Mann hatte ich von unserer kleinen Verbrecherjagd nichts erzählt und mein schlechtes Gewissen darüber hielt sich nach dem Telefonat mit Lutz in Grenzen. Noch mehr männlichem Beschützerinstinkt, dazu von meinem eigenen Mann, hätte ich vermutlich nicht standgehalten. Und als Initiatorin wollte ich nicht diejenige sein, die zum Schluss die Flinte ins Korn wirft.

Am Montag war ich überzeugt, dass ich tatsächlich Wahnvorstellungen gehabt hatte und kam mir reichlich dämlich vor mit dem laufenden Diktiergerät im Kinderwagen. Auch von den anderen hörte ich nichts. Am Dienstag traf ich beim täglichen Meilenbummel Simone mit ihrem Sohn. Sie schüttelte bedauernd den Kopf und lupfte kurz die Decke, um mir zu zeigen, dass sie »aufnahmebereit« sei.

Und dann kam der Mittwoch. Eine nach der anderen trudelten wir beim Gymnastikkurs ein. Es regnete und der Regen brachte meine ohnehin schlechte Laune auf den Tiefpunkt. Ich sammelte die Kassettenrekorder ein und verstaute sie im Gepäckkorb von Carolinas Kinderwagen. Unsere Hebamme rief uns zum Aufwärmen in den Gymnastikraum. Wir verteilten uns auf den Matten, nur eine blieb frei. Jelena fehlte.

»Weiß jemand, was mit Jelena ist?«

Wir schüttelten die Köpfe, vielleicht war sie krank oder ihre Kleine. Aber Jelena war nicht krank, Jelena war auf dem Weg zur Rückbildung aufgehalten worden.

Wir lagen gerade alle auf dem Rücken und malten mit dem gestreckten rechten Bein kleine Kreise an die Decke, als Jelena mit strähnennassen Haaren und roten Flecken im Gesicht in den Raum stürmte.

»Silke, ich habe ihn!«, japste sie aufgeregt.

Wir saßen sofort alle senkrecht.

»Was? Komm rein, zieh dir erst mal den Mantel aus. Erzähl!«

Wir riefen alle durcheinander, nur unsere Gymnastiklehrerin verstand kein Wort, worum es ging.

Jelena atmete einmal tief ein, dann berichtete sie, wie sie eigentlich den Kassettenrekorder ins Gepäcknetz hatte legen wollen, wie sie ihn dann aber doch zu Anna, ihrer Tochter, in den Wagen gelegt hatte, weil es so regnete, wie sie die Abkürzung über die Drostestraße genommen hatte und kurz vor dem Wedekindplatz von dem Mann, der ihr entgegen kam, angesprochen worden war. Zunächst hatte sie gar nicht mehr an unseren Kriminalfall gedacht, aber dann war ihr zum Glück noch eingefallen, den Rekorder anzuschalten.

»Und was hat er gesagt?«, fragte Sabine.

»Könnt ihr selber hören«, meinte Jelena und spulte zurück.

Mit dumpfer aber deutlich zu verstehender Stimme hörte man einen Mann sprechen.

»… mich an. Sei ganz ruhig. Was um dich ist, interessiert dich nicht. Du siehst nur mich an. Alles andere zieht vorbei. Hab keine Angst. Ich zähle jetzt rückwärts von fünf auf eins. Du bleibst ganz ruhig stehen. Fünf, vier, drei, zwei, eins. Sieh mich an. Ganz schön. So ist gut. Und jetzt bitte ich dich um eine kleine Spende. Öffne dein Portemonnaie!«

Man hörte es eine Weile rascheln und dann noch einmal die Stimme.

»Danke, meine Freundin. Du bist eine großzügige Frau. Sei ganz ruhig. Geh deinen Weg weiter. Du wirst aufwachen an der nächsten Ampel. Achte auf das Lichtzeichen. Und nun geh.«

An dieser Stelle stoppte Jelena das Band. Einen Moment herrschte im Raum absolute Ruhe, dann brach es aus uns heraus.

»Was ist dann geschehen?«

»Wie viel Geld hat er dir geklaut?«

»Wie sah er aus?«

»Mein Gott, konntest du dich gar nicht wehren? Hast du nicht Angst gehabt?«

Jelena lächelte verschmitzt. »Oh, wisst ihr«, sagte sie, »ist gar nicht schlimm. Boris, mein Mann, hat mir eine Kopie von eine 50-Euro-Schein und eine 20-Euro-Schein gemacht.«

»Falschgeld!«, rief Simone aus, »das ist ja unglaublich! Du hast den Typen mit gefälschten Scheinen gelinkt und er hat's nicht gemerkt!«

Wir lachten und fielen uns in die Arme.

»Und die Hypnose?«, fragte ich.

»Du kannst nicht in Hypnose fallen, wenn du willst es nicht«, meinte Jelena. »Meine Großmutter hat mir erzählt. Sie hat manchmal gemacht bei anderen.«

»Dann warst du gar nicht hypnotisiert?«, fragte Barbara.

»Nein, ich habe ein bisschen gespielt«, freute sich Jelena.

Sabine war beeindruckt. »Mensch, Jelena, dann kannst du den Täter ja sogar beschreiben. Damit müssen wir zur Polizei!«

Jelena nickte und wir anderen strahlten.

»Okay«, sagte ich, »ihr geht zur Polizei, und ich fahre in die Redaktion! Aber vorher müssen wir alle noch bei Roland vorbei. Dann kann er eine Kopie von der Aufnahme machen. Ich habe ihm die O-Töne versprochen, und die Geräte braucht er auch zurück.«

»Und Carolina?«, wollte Barbara wissen.

»Die kommt mit«, beschloss ich und stand von der Matte auf. »Auf geht's!«

Im Auto klemmte ich mir die Freisprecheinrichtung meines Handys hinter das rechte Ohr und wählte die Redaktionsnummer. Lutz Winkler nahm nach dem dritten Klingeln ab.

»Hallo, Lutz, gute Nachrichten!«, begrüßte ich ihn, »falls du noch keinen Aufmacher für morgen hast, jetzt hast du ihn! Wir haben den Meilendieb höchstpersönlich getroffen und seine Masche auf Tonband. Es ist ein Hypnotiseur!«

»Hallo, Silke!« Lutz konnte sich ein Lachen in der Stimme nicht verkneifen. »Du wirst es nicht glauben, aber das weiß ich schon. Die Polizei hat ihn vor einer halben Stunde verhaftet, als er versucht hat, bei Woolworth mit einem gefälschten 20-Euro-Schein zu bezahlen. Er hat gesagt, den hätte er von einer Frau mit Kinderwagen bekommen.«

»Das war Jelena«, gab ich zu, »eine Bekannte von mir. Sie ist übrigens gerade auf dem Weg zur Polizei zusammen mit den anderen. Die werden das gleich alles erklären.«

»Und du? Wo bist du?«

»Auf dem Weg zu dir!«

»Und dein Kind?«

»Die bring ich natürlich mit. Wenn sie schreit, während ich schreibe, kannst du sie ein bisschen im Autositz schaukeln …«

Lutz stöhnte. »Mit den Waffen einer Frau …«

Ich lachte. »Ich hatte da an eine andere Schlagzeile gedacht. Die List der Meilenmütter. Mutige Hannoveranerinnen überführen diebischen Hypnotiseur.«

Bevor er widersprechen konnte, hatte ich aufgelegt.

Julia Vogt

Julia Vogt, geboren 1964 in Bremen, arbeitet seit Abschluss ihres Germanistik-Studiums als Journalistin, mit Stationen unter anderem bei der Neuen Braunschweiger Zeitung und vielen norddeutschen Radiosendern. Zur Zeit ist sie als Moderatorin im Tagesprogramm von NDR 1 Niedersachsen tätig und lebt gemeinsam mit ihrem Mann und ihrem fünfjährigen Sohn in Hannover. Die Geschichte »Die List der Meilenmütter« ist ihre erste belletristische Veröffentlichung. Auf die Idee zu ihrem Beitrag kam sie durch eine Agenturmeldung, in der die Rede von Hypnotiseuren war, die in Moskau ihr Unwesen treiben. Es reizte sie, diese kriminellen Machenschaften gedanklich in die List zu verlegen.

Herzversagen
Birgitta Hennig

Sie trafen sich seit zwei Monaten jede Woche in der holländischen Kakao-Stube in der Ständerhausstraße nahe am Kröpcke: Josefine, Friederike, Henriette, Paul, Gilbert und Rolf. Da sie aus den verschiedensten Richtungen Hannovers und Umgebung kamen, war das der am einfachsten für alle zu erreichende Platz.

Außer Rolf hatten sie alle die siebzig bereits überschritten, Rolf war mit seinen sechsundsechzig Jahren der Jüngste. Gilbert, gebürtiger Franzose, sprach noch immer mit Akzent, er war der Exotischste. Kennen gelernt hatten sie sich über eine Annonce in der HAZ: »Rüstige Rentnerin sucht rüstige Rentner zwecks Freizeitgestaltung.« Nicht besonders originell, aber Josefine hatte damit erreicht, was sie bezweckte: ihrer Einsamkeit ein Ende zu bereiten, die seit Eduards Tod, mit dem sie fast die goldene Hochzeit erreicht hätte, nur einmal wöchentlich durch den Besuch ihres Sohnes unterbrochen wurde.

Und nun freute sie sich jeden Tag auf den Mittwoch, an dem sie mit pünktlicher Regelmäßigkeit um fünfzehn Uhr zusammenfanden, der Tisch in der oberen Etage wurde bereits für sie frei gehalten, ohne dass sie vorher reservieren mussten. Josefine, mit ihren achtzig Kilo Lebensgewicht bei einer Größe von einsfünfundsechzig, bestellte immer gleich zwei Stück Torte, die anderen begnügten sich mit einem, Rolf, der Schlankste von allen, griff nur zu einem kleinen Stück Pflaumenkuchen ohne Schlagsahne, er achtete auch im Alter auf seine Figur.

Nach seinem Mittagsschläfchen rüstete sich Rolf für das Treffen. Aus seiner Zeit als Geschäftsführer eines mittelständischen Unternehmens besaß er eine Reihe feiner Nadelstreifen, die dank seiner Disziplin alle noch passten. Fesch sah er aus. Den drei Damen entging das offensichtlich nicht, es entstanden bereits die ersten Eifersüchteleien. Aus dem Spiegel sah ihm sein verschmitzt lachendes Gesicht entgegen, als er sich korrekt die Krawatte band.

»Ich wollte euch einen Vorschlag machen«, sagte er, als pünktlich um drei alle sechs um den Tisch saßen. »Jede Woche das gleiche Schauspiel, das ist doch nix. Wir verlegen unsere Treffen zu uns nach Hause. Reihum. Dann gibt's Selbstgebackenen.«

»Du und backen«, prustete Josefine los, schob ihren mächtigen Busen auf den Tisch und sah Beifall heischend in die Runde. »Das möchte ich sehen.«

»Einen guten Hefekuchen mit Streuseln bringe ich allemal zustande«, frotzelte Rolf zurück. »Aber für dich kaufe ich extra noch eine Torte.«

Nach eingehender Diskussion waren sie sich einig. Der Erste, der seine Backkünste zeigen sollte, war Rolf, Gilbert und Paul gaben offen zu, dass ihr Kuchen vom Bäcker gebacken werden würde.

Mittwoch.

Allen hatte Rolfs Kuchen vorzüglich geschmeckt, Josefine ließ nicht ein Stück umkommen, obwohl er für sie tatsächlich ein Stück Schwarzwälder extra besorgt hatte.

»Der war wirklich selbst gebacken«, sagte Henriette und leckte sich genüsslich die Lippen. »Ich verstehe was davon. Nächste Woche bei mir.«

Henriettes Wohnzimmer strahlte das gewisse Etwas aus, eine besondere Gemütlichkeit. Der Kamin verbreitete wohlige Wärme, ihre Schneewittchentorte schmeckte ausgezeichnet. Selbst Rolf langte zweimal zu, ganz gegen seine Gewohnheiten.

»Sagt mal, wer beerbt euch eigentlich, wenn ihr mal die Augen für immer schließt?«, fragte Rolf in die von Schmatzgeräuschen unterbrochene Stille.

Zuerst sahen Rolf fünf Augenpaare erstaunt an. Doch dann erzählte jeder seine Geschichte.

Josefine beerbe ihr einziger Sohn, aber sie hatte nicht viel zu vererben. Ob die paar alten Möbel etwas wert waren, mochte sie bezweifeln, und ihr Bankkonto belief sich auf ein paar Tausender, die bis zu ihrem Tod – Gott möge sie noch lange leben lassen – sicher aufgebraucht waren. Da ging es bei den anderen schon mehr zur Sache. Henriette hatte ihr

Haus mit Kamin und Grundstück in bester Lage zu vererben, Friederike zwei Eigentumswohnungen und einhunderttausend Euro, fest angelegt, Paul die Anteile an einer gut situierten Firma, von deren Tantiemen er jährlich eine Kreuzfahrt auf seinem »Traumschiff«, der MS Deutschland, unternahm und im Übrigen gut lebte, Gilbert nannte einen Weinberg in Frankreich sein Eigen, der hervorragende Weine produzierte, Rolf besaß eine kleine Finca in Spanien und genügend Bargeld zum Leben, seine Rente fiel üppig genug aus. Und allen war eines gemeinsam: Sie hatten entweder keine Kinder oder keinen ausgeprägten Kontakt zu ihnen.

»Meine Enkel sehe ich genau zweimal im Jahr«, erzählte Henriette, »nämlich zu ihren Geburtstagen und zu Weihnachten, wenn sie Geschenke abfassen kommen.«

»Meine Kinder lebten in Amerika«, sagte Friederike, »sie sind bei einem Flugzeugunglück umgekommen. Enkel habe ich keine.« Sie wischte sich verstohlen eine Träne aus den Augen.

»Meinen Weinberg erbt niemand oder die Kirche, mir sind Kinder verwehrt geblieben«, erzählte Gilbert traurig, und Paul hatte seinen Sohn ewig nicht gesehen, sie waren schon vor zehn Jahren wegen des Geldes völlig zerstritten auseinander gegangen.

»Na gut«, sagte Rolf, »ich habe einen Erben. Einen Sohn. Er hat eine Firma gegründet, die läuft nicht besonders. Der ganze Internetkram, ihr wisst schon. Ich helfe ihm immer mal aus. Aber ich habe keine Lust, meine sauer ersparte Finca den Banken zum Fraß vorzuwerfen. Deshalb habe ich eine Idee. Was haltet ihr davon, wenn wir ein Testament aufsetzen und uns gegenseitig als Erben einsetzen? Immer wenn einer geht, erben die Übriggebliebenen zu gleichen Teilen. Dann bekommen die Kinder nur den Pflichtteil und das Geld ist in guten Händen.«

»Und wenn du der Letzte bist, wirfst du unser aller Vermögen doch den Banken zum Fraß vor, wenn dein Sohn dich beerbt.«

»Das kann man ausschließen. Jeder von uns kann einen Nacherben benennen.«

Sie diskutierten und stritten bis in die späte Nacht, aber als sie sich weit nach zwölf verabschiedeten, war klar, dass sie sich in der nächsten Woche beim Notar treffen wollten.

Das Testament wurde aufgesetzt und gleichzeitig die Schlüssel ausgetauscht, denn im Testament wurde auch verankert, dass sie sich gegenseitig zur Pflege verpflichteten. Josephine glaubte zu wissen, dass genau das der Punkt für Rolfs Vorschlag war: Er hatte Angst, in ein Pflegeheim abgeschoben zu werden, und sie sah sich schon mit einer verantwortungsvollen Aufgabe betraut.

»Übermorgen kommt ihr alle zu mir, auch wenn ich die Ärmste von euch bin«, frohlockte Josefine, »dafür kann ich besonders guten Kuchen backen.«

Inzwischen war ein harter Konkurrenzkampf zwischen den Frauen im Kuchenbacken ausgebrochen.

Josefine hatte Schokoladentorte mit einem Schuss Cointreau gebacken, nicht ein Stück blieb übrig.

»Nun«, sagte Gilbert, »nächsten Mittwoch gibt es bei mir zwar nur Kuchen vom Bäcker, aber dafür ein gutes Tröpfchen Rotwein, das ist auch nicht zu verachten.«

Mittwoch.

Auf dem Tisch stand ein Arrangement aus feinen, kleinen Törtchen, Gilberts Wohnzimmer war von Kaffeeduft erfüllt. Alle stierten begierig auf die Törtchen, aber es gab ein ungeschriebenes Gesetz: Solange nicht alle sechs da waren, wurde nicht begonnen. Paul fehlte noch immer. Die Zeiger der Uhr rückten unerbittlich weiter, aber Paul kam nicht, sämtliche Anrufe blieben ergebnislos.

»Fangen wir an«, sagte Gilbert um vier, »schließlich haben wir eine Stunde gewartet. Wir lassen ihm ein Stück übrig.«

Paul meldete sich nicht.

Betreten saßen sie eine Woche später bei Friederike um den großen runden Esstisch in der Nische des Wohnzimmers.

»Herzversagen«, brach Gilbert das Schweigen. Aus seinem Mund klang die Todesnachricht von Paul noch am erträglichsten, weil sein weicher französischer Akzent dem ganzen Elend die Härte nahm. »So schnell. Dabei war er mit seinen zweiundsiebzig noch so rüstig.«

»Was soll man da machen. Aber bei seiner Konstitution hätte er gut und gerne neunzig werden können. Man steckt eben nicht drin.«

Wieder trat betroffenes Schweigen ein.

»Was soll's, eines Tages trifft es uns alle«, Rolf klatschte in die Hände. »Paul hätte sicher gern gehabt, dass wir fröhlich bleiben, mit unserer Trauermiene wecken wir ihn nicht wieder auf.«

Sie schmatzten und schwatzten, und bevor sie auseinander gingen, sagte Rolf: »Wir sind seine Erben, wenn der verlorene Sohn das Testament nicht anficht.«

»Reden wir später drüber«, antwortete Josefine, und man sah ihr die Qual an, die sie diese Worte kosteten. »Ich muss das erst verdauen.«

Sie saßen in Rolfs Esszimmer. Die dicken, schweren Vorhänge vor den Fenstern ließen wenig Licht herein. Sein selbstgebackener Pflaumenkuchen duftete mitten auf dem Tisch, doch keiner langte zu. Als Henriette um vier noch immer nicht da war, ahnten sie Schreckliches.

»Das kann nicht sein«, jammerte Friederike. »Was haben wir getan? Ob das Testament ein böses Omen war?«

»Quatsch! Wer glaubt an Geisterhand?«

Wieder war Rolf derjenige, der vorschlug, die Trauer zu beenden. »So ist das Leben nun mal. Es entsteht und es geht. Außerdem wissen wir noch nicht, ob überhaupt etwas Ernstes passiert ist.«

Doch diesmal wich die traurige Stimmung nicht vom Tisch.

»Schade«, sagte Rolf beim Abschied. »Mit einem guten Glas Portwein an ihrem Kamin zu sitzen, war sehr gemütlich.«

Seine Worte klangen so endgültig. Alle blickten erschrocken auf. Hatte sich da etwas zusammengesponnen, was ihnen verborgen geblieben war? Und was wusste er, was sie nicht wussten?

»Wann hast du sie das letzte Mal gesehen?« Josefine fasste zuerst den Mut zu dieser Frage.

»Montag. Wir wollten es euch heute sagen. Ihr ging es nicht besonders nach dem Wein. Ich werde sämtliche Krankenhäuser abtelefonieren. Wird sicher nichts Schlimmes sein.«

Friederike hatte ein Kunstwerk von Torte geschaffen. Von Schlagsahne umhüllte Kirschen auf dünnem Boden mit einer Decke aus knusprigen Krokantsplittern ließen allen das Wasser im Munde zusammenlaufen. Doch sie aßen nicht, sondern starrten auf die Torte. Ihre Vermutung wurde zur grausamen Wirklichkeit. Herzversagen. Die Kinder heuchelten tiefe Trauer in der Todesanzeige.

»Die Trauer wird in Hass umschlagen, wenn sie vom Testament erfahren«, sagte Rolf, aber das wollte heute keiner hören.

»Mir bangt vor der Testamentseröffnung. Das wird Krieg geben!« Josefine weinte still in ihr Taschentuch.

Pauls Sohn hatte sich bis jetzt nicht gemeldet, vielleicht lebte er nicht mehr.

Als Gilbert halb fünf immer noch nicht auftauchte, war allen klar: Er wird nicht mehr kommen.

Josefines stilles Weinen ging in lautes Schluchzen über. Der schlanke Rolf nahm sie in die Arme und hatte Mühe, den massigen Körper zu umfassen.

»Was soll's. Er war der Älteste von uns. Achtundsiebzig ist ein stolzes Alter.«

Die wunderbare Torte blieb unangerührt.

»Aber er war noch so ... so ...« Friederike saß bis eben unbeweglich auf dem Stuhl, jetzt kam sie aus ihrer Erstarrung.

»Seine Weinberge gehören nun uns. Was machen wir damit?«

»Du bist immer so pragmatisch, Rolf«, antwortete Friederike entsetzt.

»Wer weiß, wer der Nächste von uns ist«, heulte Josefine auf. »Ich will, dass wir das Testament wieder ändern. Es bringt Unglück. Es bringt den Tod.«

»Ach Quatsch. Alles Hirngespinste. Wir haben unser Leben gelebt, der Tod gehört dazu.« Rolf behielt den Überblick, den anderen wurde das langsam unheimlich.

»Aber nicht mit so grausamer Regelmäßigkeit.«

»Unser ganzes Leben wird von Zufällen bestimmt«, antwortete Rolf. »Wir werden alles verkaufen und von dem Geld zu dritt eine Kreuzfahrt auf Pauls Traumschiff machen. Ein ganzes Jahr lang. Und wer auf See stirbt, wird gleich dort beigesetzt.«

Aus Josefines Augen strömten die Tränen. Rolf war der Einzige, der sich jetzt ein Stück Torte nahm.

Am nächsten Mittwoch trafen sie sich wieder in der holländischen Kakao-Stube. Als Josefine eintraf, winkte Rolf sie heran. Er hatte einen Tisch draußen vor der Tür gewählt, das Wetter war herrlich, und er beobachtete das rege Treiben der Passanten, die mit vollen Tüten über die Ständerhausstraße zu ihren nächsten Einkäufen liefen. Eine Stunde lang versuchten sie, Friederike zu erreichen, doch die Antwort bestand nur im monotonen Klingelton. Josefine brach zusammen. Der Notarzt bemühte sich um sie, doch sie kam nicht wieder zu sich. Um sie herum entstand ein Aufruhr. Der Notarztwagen blockierte den Fußweg, und so blieben alle stehen, die sonst vorbeihasteten, und beobachteten, was geschehen war.

»Kreislaufzusammenbruch«, murmelte der Notarzt und bemühte sich, die schaulustigen Gäste zu verdrängen, als sie die fahrbare Trage in den Notarztwagen schoben, während er etwas auf sein Formular kritzelte. »Wir nehmen sie mit ins Krankenhaus. Wissen Sie, ob jemand zu informieren ist?«, fragte er Rolf, der hinter der Trage hergelaufen war.

»Ja, sie hat einen Sohn. Hier ist die Nummer.«

Bestürzt sah Rolf hinter dem Krankenwagen her.

Kreislaufzusammenbruch, dachte er, na wenigstens kein Herzversagen.

Rolf band sich gerade die Krawatte, als es klingelte. Selbst bei einem Krankenhausbesuch achtete er auf sein Äußeres, und heute wollte er Josefine besuchen, die sich erholt zu haben schien. Er erwartete niemand. Erstaunt öffnete er die Tür und blickte in die Gesichter von zwei Männern in Zivil, sie hielten ihm ihre Ausweise entgegen.

»Kriminalpolizei. Wir müssen Sie festnehmen.«

»Was? Wieso? Weswegen?«

»Sie stehen unter Mordverdacht.«

»Ach so? Und wen habe ich umgebracht?«

»Das wird sich ergeben. Auf jeden Fall sind die Tode Ihrer Freunde nicht zufällig. Frau Friederike Hagens Grab ist noch frisch, sie wird als Erste exhumiert. Sollte sich der Verdacht erhärten, werden auch die anderen exhumiert. Die Beweislast gegen Sie ist erdrückend. Uns ist das Testament bekannt geworden, das auf Ihre Initiative hin aufgesetzt wurde, und wir wissen inzwischen, dass es Ihre Finca in Spanien nicht gibt, Ihr Sohn aber von seinen Schulden erdrückt wird. Und wir wissen, dass Sie ihm bisher einige Male aus der Klemme geholfen haben. Wie dumm sind Sie eigentlich? Glauben Sie, dass wir die Hosen mit der Beißzange anziehen? Das hätten Sie schlauer einfädeln müssen und gleich gar nicht mit einer solchen Regelmäßigkeit.«

»Und wer behauptet einen solchen Unsinn?«

»Eine Zeugin konnten Sie nicht umbringen. Sie wird inzwischen rund um die Uhr bewacht.«

Das Verhör gestaltete sich schwierig. Rolf schwieg, nur sein Anwalt sprach, inzwischen konnte er sich den besten der Stadt leisten.

»Sie haben weder Beweise, dass diese vier Menschen umgebracht wurden, noch wissen Sie wie. Meinen Mandanten können Sie mit dieser Beweislage nicht festhalten.«

Abends saß Rolf in seinem Ohrensessel, nippte an Gilberts Wein und dachte: schade. Eigentlich waren unsere Treffen nicht schlecht. Nun, es wird andere geben. Ich werde eine Annonce aufsetzen.

Josefines Gesundheit stabilisierte sich zusehends, sie konnte entlassen werden, zumal sich ihr Sohn mittlerweile rührend um sie kümmerte. Stolz bestieg sie den Polizeiwagen, der sie nach Hause brachte, sie fühlte sich ungeheuer wichtig. Demonstrativ nahm sie den Arm ihres Sohnes, sah hinauf zu den Fenstern, hinter denen sie die neugierigen Nachbarn vermutete, und ließ sich ins Haus begleiten.

»Halten Sie sich von Herrn Rolf Beyer fern, er steht unter Mordverdacht. Es ist nur noch eine Frage der Zeit. Ihr Sohn hat Anweisung, ihn nicht zu Ihnen zu lassen, vermeiden Sie jeden persönlichen Kontakt.«

»Ich habe es mir gedacht«, murmelte sie leise. »Wie kann man sich nur so täuschen.«

»Die schlimmsten Wölfe kommen in Schafspelzen daher«, antwortete der Polizist und klopfte ihr beruhigend auf die Schulter.

Wieder band sich Rolf gerade die Krawatte, als es klingelte. Er hatte Josefine in einem anderthalbstündigen Telefonat herumbekommen, ihn zu empfangen, aber sie bestand darauf, dass er zu einer Zeit kam, zu der ihr Sohn zugegen sein konnte. Mit ungutem Gefühl öffnete er die Tür. Sein ungutes Gefühl wurde nicht enttäuscht, die beiden Herren in Zivil hielten ihm ihre Ausweise entgegen.

»Es ist erwiesen, Herr Beyer, alle Ihre Freunde wurden umgebracht. Inzwischen sind auch die anderen exhumiert worden. Ein Gift, schwer nachzuweisen, der äußere Anschein des Todes ist Herzversagen. Und welcher Arzt tippt in dem Alter nicht auf Herzversagen, zumal jeder Tod von einem anderen Arzt festgestellt wurde.«

Rolf gingen die Argumente aus. »Ohne meinen Anwalt sage ich kein Wort.«

»Ihr Anwalt steht Ihnen zu.«

Sein Anwalt konnte abermals jedes kriminalistische Argument entkräften, Rolf musste noch am selben Tag entlassen werden. Zufrieden setzte er sich in seinen Ohrensessel und trank den Rest der Flasche

Wein. Er schloss die Augen und ließ sie alle noch einmal Revue passieren. Gilbert mit seinem sympathischen Akzent, Henriette, in die er sich beinahe verliebt hätte, Friederike mit ihrer Mütterlichkeit, Paul, dessen Briefmarkensammlung alle gelangweilt hatte. Langsam rannen die Schlucke durch seine Kehle. Er sah in das rote Funkeln des Weines und …

Er griff sich ans Herz. Voller panischer Angst versuchte er ins Bad zu laufen, doch er kam nicht mehr aus dem Sessel hoch.

Herzversagen, waren seine letzten Gedanken, bevor sein Kopf auf die Schulter und das Glas mit den letzten Tropfen zu Boden fiel.

Josefine saß in ihrer Küche und trank Kaffee. Peter, ihr Sohn, kümmerte sich rührend um sie. Seit er heute gekommen war, half er, wo er konnte. Nachdem er ihr Kaffee gekocht hatte, erledigte er den Abwasch, sie hatte sich noch immer nicht zu einer Spülmaschine überreden lassen, trotz aller Versuche und Appelle an ihre Vernunft.

»Mama, du solltest zu Kaffee immer einen Schluck Wasser trinken. Kaffee entzieht dem Körper Wasser und der Körper braucht Flüssigkeit.«

»Du bist so lieb, Peter. Aber ich will dich nicht überstrapazieren. Auch wenn ich jetzt wieder ganz allein bin, ich schaffe das schon. Vor Rolf habe ich Angst, den lass ich nur hier herein, wenn du da bist. Er will nachher kommen und mit mir reden. Du bleibst doch hier? Ein Glück, dass ich dich habe, mein Sohn. Ich bin die Glücklichste von allen. Nicht auszudenken, wenn er mich auch umgebracht hätte. Wie der uns belogen hat. Finca in Spanien. Klar, Spanien ist weit, wer sollte das überprüfen. Ach, Peter, ich bin so froh, dass ich einen so lieben und fürsorglichen Sohn habe.«

Peter stellte das Glas vor ihr auf den Tisch. »Trink, Mama!«

Josefine setzte das Glas an. Der Klingelton ließ sie zusammenzucken, sie schwappte ein paar Tropfen auf ihr Kleid. Mit der Serviette tupfte sie es trocken und dachte: Mein Sohn ist hier, mir kann nichts passieren. Plötzlich hörte sie aufgeregte Stimmen und dann stürzten zwei Männer in die Küche, die sie nicht kannte.

»Nicht, Frau Anders!«

Bleich vor Schreck fuhr sie herum. Sie erschrak so sehr, dass das Glas auf den Boden fiel und zerbrach.

Ein Klicken dröhnte ihr im Ohr wie das Zischen eines tötenden Blitzes. Das Klicken von Handschellen.

»Wussten Sie, dass Ihr Sohn Spielschulden hatte? Dass er jede Woche zockte? Dass er spielsüchtig ist und Kokain nimmt?«

»Aber er ist doch Krankenpfleger.«

»Schon lange nicht mehr. Wie er an das Gift gekommen ist, werden wir ihm nachweisen.«

»Aber Peter, du … Mein Sohn … Wie denn?«

»Er hat sich Nachschlüssel besorgt, ein Kinderspiel, sie hatten die Schlüssel von allen offen an ihrem Brett, stimmt's?«

Josefine brach zusammen.

»Kreislaufzusammenbruch«, konstatierte der Arzt. »Sie wird überleben«, setzte er mit einem Blick auf Peter hinzu. »Nun ist sie eine reiche Frau, aber sie wird es nicht genießen können. Weil Sie ihr das Wichtigste genommen haben. Ihre Freunde und ihr Vertrauen.«

Birgitta Hennig

Birgitta Hennig wurde 1950 in Chemnitz geboren und lebt heute in der Wedemark. Sie war lange Zeit als Justitiarin und juristische Beraterin in verschiedenen Firmen und Institutionen tätig. Bei einem längeren Aufenthalt in Argentinien entdeckte sie die Liebe zur Fotografie und zum Schreiben. Nach ihrer Rückkehr nach Deutschland beschäftigte sie sich neben ihrer beruflichen Tätigkeit intensiv mit ihren Hobbys und belegte mehrere Lehrgänge im Bereich Rhetorik und Schreibtechniken. Seit 2003 widmet sich Birgitta Hennig ausschließlich der Fotografie und der Literatur. Ihre Geschichte »Herzversagen«, die in der holländischen Kakaostube ihren Anfang nimmt, ist ihre erste Veröffentlichung innerhalb eines Buches.

Schützenfestbesuche
Melanie Pfannmoeller

Guten Tag. Wenn ich mich kurz vorstellen darf. Mein Name ist Melody und ich bin … nein, ich war … oder bin ich immer noch zweiundzwanzig? Ich wurde zumindest vor fast dreiundzwanzig Jahren geboren und gestorben bin ich vor zwei Stunden und fünfunddreißig Minuten. Warum ich Ihnen das erzähle, fragen Sie sich? Nun, ich hoffe Sie können mir helfen, meinen Mörder zu finden oder meine Mörderin. Vielleicht war es auch ein ganzes Mordkomplott.

Nun, vielleicht sollte ich aber am Anfang der Geschichte beginnen und nicht am Ende.

Es ist der 9. Juli, ein herrlicher Sonnabend, den ich sehr verkatert begonnen habe, da ich gestern sehr lange und ausgiebig die bestandene Prüfung meiner Freundin gefeiert habe.

Wie immer an einem solchen Tag holte mich ein ziemlich starker Kaffee zurück ins Leben. – Was für eine Ironie!

Für heute hatte ich mich mit meinen Freundinnen Katharina und Alexandra verabredet, aufs Schützenfest nach Hannover zu fahren. Ich wohnte in Celle müssen Sie wissen.

Ich kannte Katharina seit ungefähr drei Jahren. Sie war eine Arbeitskollegin und wurde zu einer sehr guten Freundin. Wir verbrachten sehr viel Zeit miteinander, und ich würde sagen, dass ich sie in- und auswendig kenne. Alexandra trat vor ungefähr einem halben Jahr in mein Leben. Ich hatte in meiner Firma einen neuen Aufgabenbereich übernommen und wollte deswegen meine Sprachfertigkeiten ein wenig aufbessern und begann damit Portugiesisch zu lernen. Nun, Alexandra war meine Lehrerin und wurde sehr bald auch zu meiner Freundin. Wir unternahmen immer öfter etwas zu dritt.

Alles in allem war es ein Tag wie jeder andere. Pünktlich sechzehn Uhr stand ich bei meiner Freundin vor der Tür, um sie abzuholen, ich hatte extra so etwas wie Ordnung in meinem Auto geschaffen, damit auch noch jemand auf der Rückbank Platz hatte.

In Hannover angekommen ergatterte ich einen sagenhaft fantastischen Parkplatz, quasi direkt vor einem der Eingänge zum Schützenfest. Und Sie wissen es selber, das ist etwas, worüber man sich durchaus freuen kann. Bevor wir uns entschieden, etwas zu essen oder eines der Fahrgeschäfte aufzusuchen, gingen wir natürlich erst einmal sämtliche Gänge ab, um zu sehen, was es denn so gab. Mal ganz unter uns. Eigentlich wussten wir schon, was wir essen würden, und die Fahrgeschäfte waren uns auch schon bekannt. Aber es hätte ja sein können, dass etwas spektakuläres Neues auf uns wartete. Allerdings sind die spektakulären neuen Sachen immer die, in die man uns nicht für Geld und gute Worte reinbekommen würde. Sie kennen das, diese Fahrgeschäfte, die damit werben, dass man mit dem fünf- oder sechsfachen seines Körpergewichts ins Nirvana geschleudert wird und dabei den Adrenalinkick seines Lebens bekommen soll. Das Einzige, was da einen Kick bekommt, ist mein Konto, bei einem Eintrittspreis von acht Euro für zwanzig Sekunden »Spaß«.

Aber ich komm ja schon wieder vom Thema ab. Sie warten ja schon auf den Punkt, an dem ich ins Nirvana geschleudert wurde.

Wie immer gönnte ich mir eine gefüllte Pizza. Eine von denen, in denen außer einer Menge Käse überhaupt nichts drin ist, obwohl auf dem Schild am Wagen »mit Schinken und Pilzen« stand. Aber das war mir egal. Ging mir ja eh nur um den Käse. Nun, während ich meine Pizza genoss, klingelte mein Handy, und ich bat meine Freundin Katharina kurz meine Pizza zu halten und drehte mich von den beiden weg, um zu telefonieren. Auf dem Display war keine Nummer zu sehen. Ich ging ran, doch keiner meldete sich. Ich fragte noch ein paar Mal nach – aber nichts. Also legte ich genervt wieder auf. Als ich mich wieder zu meinen Freundinnen umdrehte, sah ich, dass nun Alexandra meine Pizza hielt und heftig mit einem großen dunkelhaarigen Mann am Diskutieren war, der sie wohl soeben mit voller Wucht über den Haufen gerannt hatte. Na wenigstens konnte sie meine Pizza retten. Zur Beruhigung schlug ich vor, dass wir doch alle eine Runde Riesenrad fahren könnten. Einmal schön Hannover von oben sehen. Nur leider war ich nicht schnell genug, da ich meine Serviette noch wegwerfen musste, und musste so ein paar Gondeln später alleine mitfahren. Was mir aber nichts ausmachte, da ich so in der Gondel Nummer 13 fahren konnte. Meine absolute Glückzahl. Als ich wieder unten ankam, hatte ich bereits das Zeitliche gesegnet.

Tat nicht weh. Ich war einfach tot. Total unspektakulär. Na ja, dass mich ein helles Licht zu Gott rufen würde, damit hatte ich eh nicht gerechnet, dafür hab ich wirklich zu viel angestellt in meinem Leben, aber das einfach nichts passiert und ich jetzt hier neben mir stehen und dabei zusehen würde, wie sich die Sanitäter bemühen, mich ins Leben zurückzuholen, hätte ich auch nicht gedacht.

Einer von denen ist wirklich süß, da wünschte ich mir doch fast, ich würde gleich aufwachen und wir könnten mal nen Kaffee trinken gehen. Komisch, ich bin tot, aber ich hab mich ansonsten kein Stück geändert.

Nun wissen Sie, wie ich ums Leben gekommen bin. Nun werde ich Ihnen erzählen, wie mein Leben war, und hoffe, dass Sie meinen Mörder finden werden.

Ich war ein sehr aufgewecktes und fröhliches Kind, stellte viele Fragen und wuchs zu einer überdurchschnittlich intelligenten und schönen Frau heran.

Ich war siebzehn als ich die körperliche Liebe entdeckte und bemerkte, dass man Männer damit sehr leicht kontrollieren konnte. Man musste ihnen nur den Eindruck vermitteln, sie würden bekommen, was sie wollten, und schon bekam man selber, was man wollte.

Mit zwanzig hatte ich das Ganze zur Perfektion gebracht. Ich war die Geliebte eines Industriellen, eines Richters und die Freundin eines Kfz-Mechanikers.

Ich liebte es, in den teuren Nobelkarossen von Bernd zu fahren. Er hatte die kleine Dreherei seines Vaters in Hamburg zu einem Konzern mit über tausend Mitarbeitern wachsen lassen, und wenn er etwas Entspannung von seinem stressigen Bürotag brauchte, dann bekam er von mir ein paar Streicheleinheiten, die ihm seine Frau schon seit Jahren verwehrte, und ich bekam – nun sagen wir mal so – ein paar kleine Aufmerksamkeiten, die nicht selten mehr als ein Karat hatten. Am meisten aber genoss ich seine Dienstreisen, die mich an die schönsten Orte dieser Welt brachten.

Ich liebte es, von Jürgen in die High Society von Hannover mitgenommen zu werden. Er war Richter in Hannover und sehr oft auf Banketts und Empfängen eingeladen, und da seine Frau die Öffentlichkeit scheute, nahm er mich stattdessen mit. Offiziell war ich eine Bekannte. Inoffiziell erfüllte ich Jürgen so manchen Wunsch, den man besonders in diesen Kreisen nicht aussprechen konnte. Ich dafür konnte völlig meiner Kulturleidenschaft frönen. Jürgen war ein großer Fan der Oper und so kam ich zu sämtlichen Premieren.

Ich liebte Jens. Er gab mir das, was mir Bernd oder Jürgen nie hätten geben können. Das Gefühl, geliebt zu werden. Das Gefühl, aufgefangen zu werden, egal, was kommt. Und Orgasmen.

Jetzt haben Sie einen kleinen Einblick bekommen, wie mein Leben bisher so verlaufen ist. Und haben Sie schon eine Idee, wer mein Mörder sein könnte?

Vielleicht sollte ich Ihnen an dieser Stelle von dem Punkt in meinem Leben erzählen, von dem ich glaube, dass er der Anfang von meinem Ende war.

Alles in allem hatte ich ein fantastisches Leben. Bis vor vier Wochen alles begann, aus den Fugen zu geraten.

Ich weiß es noch wie gestern. Jürgen hatte mich zur Premiere von Carmen ins Opernhaus eingeladen. Ich hatte extra eine von Bernds Aufmerksamkeiten verkauft, um mir ein sündhaft teures, aber wahnsinnig schickes Kleid mit passenden Schuhen dazu kaufen zu können. Wie immer gingen wir vorher im Mövenpick noch etwas trinken. Ich bestellte mir einen Weißwein und entschuldigte mich kurz.

Als ich wieder zurückkam, traf mich der Schlag. Jürgen lächelte freundlich und stellte mir Bernd vor. Bernd sei ein alter Freund aus Studientagen, und da ich doch gerade BWL studiere und er so ein gut laufendes Unternehmen hat, hatte sich Jürgen gedacht, er stellt uns einfach mal einander vor und hat Bernd auch eine Karte für die Premiere von Carmen zukommen lassen. Wie schön. Nun, ich setzte mein schönstes Lächeln auf und zeigte mich geehrt jemanden kennen zu lernen, der ein so erfolgreiches Unternehmen führt. Während ich versuchte, von einem Glas Wein betrunken zu werden, spielte ich in meinem Kopf alle möglichen Situationen durch, wie ich hier am besten wieder rauskomme.

Hatte Jürgen Bernd erzählt, dass ich mehr als nur eine Bekannte bin? Vermutlich nicht, denn wahrscheinlich kannte Bernd auch Jürgens Frau. Andererseits kann man bei Männern jenseits der vierzig wohl kaum erwarten, dass sie nicht damit prahlen, eine blutjunge Geliebte zu haben.

Wahrscheinlich hatte Jürgen Bernd schon am Telefon alles erzählt, und hier ging es nicht darum, eine BWL-Studentin mit einem Unternehmer zusammenzubringen. Sondern einem alten Saufkumpel die blutjunge Geliebte vorzustellen.

Da Celle ja quasi auf dem Weg nach Hamburg liegt, kam ich nicht umhin, mich von Bernd mit nach Hause nehmen zu lassen. Nun, die Tatsache, dass Bernd auf der gesamten Fahrt von Hannover nach Celle schwieg, ließ mich nichts Gutes ahnen.

Ich versuchte die Situation auf meine Weise zu retten und begann damit, seine Hose zu öffnen, und beugte mich über ihn. Keine gute Idee, wie sich hinterher herausstellte. Er legte eine Vollbremsung hin, sodass ich mir meine Schulter sehr brutal am Schaltknauf stieß. Er stieg aus, lief um den Wagen herum, riss die Beifahrertür auf, zerrte mich an meinem sündhaft teuren Kleid aus dem Wagen, schmiss mit meiner Handtasche nach mir und schrie mich an, dass mir das noch verdammt Leid tun würde. Das tat es jetzt schon, denn das Kleid war hin, und wenn ich in den Schuhen die restlichen zwanzig Kilometer nach Celle laufen müsste, wären das die Schuhe auch. Mit einem lauten Knall schloss er die Fahrertür und brauste mit quietschenden Reifen davon. Ich weiß gar nicht, warum er erwartet hat, dass ich nur ihn habe. Immerhin war er derjenige, der verheiratet war.

Nun, was würden Sie machen, wenn Sie da ganz allein mitten im Nichts stehen würden. Genau, Sie würden den Kfz-Mechaniker anrufen. Der liebt sie und steht auf jeden Fall mitten in der Nacht auf, um von Celle aus zwanzig Kilometer Richtung Hannover zu fahren und sie aufzulesen.

Also kramte ich in meiner Tasche nach meinem Handy und stellte mit Entsetzen fest, dass mein Terminplaner mit sämtlichen Treffen, die ich mit Jürgen und Bernd hatte, noch in Bernds E-Klasse lag. Das war für mich nicht nur einfach ein Terminplaner. Ich benutze ihn quasi als mein Tagebuch. Da standen sämtliche Details dieser Treffen drin. Schlimmer konnte es gar nicht mehr werden. Ich hatte mein einziges Druckmittel verloren. Ich rief Jens an und bat ihn, mich hier abzuholen. Nun hatte ich zwanzig Minuten Zeit, mir zu überlegen, warum ich hier war. Wie sollte ich denn bitte schön Jens erklären, wie ich hierher komme. Und vor allem, warum mein Kleid zerfetzt ist und warum ich überhaupt so angezogen bin, wo ich doch zu meiner Lerngruppe wollte. Und er mich ja am Nachmittag noch in normalen Klamotten zur Bahn gebracht hatte. Dass ich dann zu Jürgen gehe, da seine Frau auf Kur ist, und mich da umziehe und dann in die Oper gehen werde, davon wusste er ja nichts. Vielleicht sollte ich ihm die Wahrheit sagen. Er liebt mich, er wird das verstehen.

Ich entschied mich dafür, einen Teil der Wahrheit zu sagen. Nur den, in dem ich mich in Hannover umgezogen habe und dann in die Oper gegangen bin. Dann kam ich auch schon wieder ein wenig von der Wahrheit ab und erzählte ihm, dass ich mitgenommen worden sei und der Typ mir an die Wäsche gewollt hätte, und als ich das nicht gewollt hätte, habe er mich hier rausgeschmissen. Beschützend nahm er mich in die Arme und fuhr mich nach Hause.

Ich schlief friedlich in seinen Armen ein, nachdem er mich diesen ganzen schrecklichen Abend für ein paar Stunden hatte vergessen lassen.

Ich wurde vom Klingeln an der Tür aus dem Schlaf gerissen. Ich zog mir etwas über und schlich aus dem Schlafzimmer in der Hoffnung, dass Jens nicht wach werden würde. Als ich die Tür öffnete, war ich schlagartig wach. Jürgen stand vor der Tür und ich würde seinen Gesichtsausdruck nicht gerade als freundlich bezeichnen. Bevor ich überhaupt Luft holen konnte, fing er an, mich anzuschreien. Was mir denn einfallen würde, außer ihm noch jemanden zu haben. Ob er mir denn nicht reichen würde und wie ich dazu käme, so ein doppeltes Spiel mit ihm und Bernd zu spielen, was ich doch für ein materielles Flittchen wäre. Ich kam überhaupt nicht zu Wort. Er schrie und schrie und schrie. Und es kam, wie es kommen musste. Jens stand plötzlich hinter mir, sah mich an, ging an mir vorbei und schloss die Tür hinter sich. Ich kam nicht mal dazu, das richtig zu realisieren, da Jürgen in dem Moment wohl realisiert hatte, dass es da wohl noch einen Dritten im Bunde gab. Und er fing wieder an, mich anzuschreien, was ich denn von diesem Typen bekommen würde. Geld und Publicity hätte ich mir ja bei ihm und Bernd geholt. Und da konnte ich nicht anders. Und das war schon mein zweiter Fehler innerhalb von vierundzwanzig Stunden. Ich lächelte Jürgen an und gab ihm die Antwort auf die Frage, was ich denn von Jens bekommen würde. Orgasmen. Das Letze, was ich von Jürgen hörte, war auch das Letzte, was ich von Bernd hörte. Ein sehr lautes und bestimmtes »Das wird dir noch Leid tun!«.

Aber das alles war mir egal. Das waren nur leere Drohungen. Ich glaubte nicht, dass einer der beiden seine Karriere oder sein Ansehen aufs Spiel setzen würde, um sich an mir zu rächen.

Aber den Ausdruck in Jens' Augen werd ich nicht vergessen. So viel Schmerz, so viel Enttäuschung. Es tat mir in der Seele weh, dass ich das Einzige, mit dem ich hätte umgehen können, in seinen Augen nicht entdecken konnte. Da war keine Wut, kein verletzter Stolz. Da war nur Schmerz.

Meine Wohnung war hinterher fast gespenstisch still. Ich setzte mich auf den Fußboden genau in die Mitte meines Wohnzimmers und versuchte mir einzureden, dass ich jeden Moment aufwachen würde und alles nur ein Traum gewesen wäre.

Doch es geschah nichts. Ich ging wieder in mein Bett und dort blieb ich auch die nächsten drei Tage. Ich hatte meinen Kollegen angerufen und eine schwere Grippe vorgetäuscht, und die Studienunterlagen, die mir jede Woche zugesandt wurden, lagen noch ungeöffnet auf dem Tischchen im Flur, auf dem alle Post erst mal landet.

Am vierten Tag bekam ich einen Anruf. Es war Bernd. Es täte ihm furchtbar Leid und er hätte überreagiert. Er könne verstehen, dass mir die vielen Premieren und Empfänge, auf die ich von Jürgen mitgenommen worden sei, imponiert hätten. Aber das könnte ich auch von ihm haben. Woraufhin ich ihn nur fragte, was denn seine Frau dazu sagen würde, wenn er mit mir in der Öffentlichkeit gesehen werden würde.

Er erzählte mir, dass seine Frau gestern ausgezogen sei, nachdem sie meinen Terminplaner in seinem Auto gefunden und festgestellt hätte, dass er seine Dienstreisen mit mir verbracht hatte.

Ein Gutes hatte es ja. Sie hatte ihm vor Wut den Planer an den Kopf geworfen und somit konnte er ihn mir vorbeibringen. Nun, was soll ich sagen. Keiner kann so schnell aus seiner Haut. Ich weiß, ich hätte das nicht fortführen sollen, besonders nicht, wenn ich gewusst hätte, dass Bernd in Wahrheit seiner Frau gesagt hatte, dass mit mir sei endgültig vorbei, und sie schon zwei Tage später wieder bei ihm einzog, aber ich brauchte Bestätigung, mehr denn je, jetzt wo ich Jens nicht mehr hatte. Also holte ich mir meine Bestätigung bei Bernd.

Nun, haben Sie schon eine Vernutung, wer für meinen Tod verantwortlich ist?

Ich hab ja schon einen leisen Verdacht.

Aber gerade wird meine Leiche zur Autopsie gebracht. Warten wir doch erst einmal ab, woran ich überhaupt gestorben bin.

Es ist unbeschreiblich, sich selbst dort auf dem Tisch liegen zu sehen, wie man aufgeschnitten wird. Ich kann mein Inneres sehen. Na ja, nicht sehr spektakulär, bis auf die Tatsache, dass meine Lunge doch stärker unter meiner Nikotinsucht gelitten hat, als ich dachte. Sehr gesund sieht das nicht aus.

»Keine Anzeichen von äußerlicher Gewalt.« Ja, der Pathologe ist sehr genau und spricht alles auf sein Diktiergerät. Natürlich gibt es keine Anzeichen von äußerlicher Gewalt. Das hätte ich ja wohl gemerkt. Er fängt an, mich wieder zuzunähen. Wie, das war's schon? Woran bin ich denn jetzt gestorben? Oh, da kommt jemand und überreicht ihm einen Briefumschlag. Der Laborbericht!

1. Die Tote war in der sechsten Woche schwanger.

2. In ihrem Blut wurde eine hohe Konzentration Dichlordiphenyltrichlorethan festgestellt, was todesursächlich war.

Bitte, was hatte ich im Blut?

Oh, da kommt der ermittelnde Kommissar. Auch nicht von schlechten Eltern. Mitte dreißig würde ich sagen und nett anzuschauen. Ungefähr ein Meter neunzig groß, breite Schultern und ein kantiges Gesicht, aus dem wachsame blaue Augen versuchen, jedes Detail wahrzunehmen. Und die Waffe, die er da an seinem Hosenbund trägt, macht ihn sehr sexy. Ich kann es einfach nicht lassen.

Nun, zum Glück war er in Chemie genauso eine Null wie ich, und der Pathologe erklärt ihm, woran ich gestorben bin. Das ist ein Insektizid, das in Deutschland gar nicht mehr zur Schädlingsbekämpfung eingesetzt werden darf, da es nachweißlich über die Pflanzen, in denen es sich ablagert, in den menschlichen Körper gelangen und da zu massiven Schädigungen führen kann.

Nun, was es anrichtet, wenn es direkt und unverdünnt in einen menschlichen Körper gelangt, sehen wir ja an mir.

Natürlich interessierte sich unser Kommissar mehr für die Tatsache, dass ich schwanger war. Immerhin könnte hinter so etwas ein Motiv stecken. Aber niemand wusste davon, dass ich schwanger war. Ich hatte es noch nicht einmal meiner besten Freundin erzählt. Zumal ich ihr ja auch gar nicht hätte sagen können, wer der Vater war. Und ich mir auch noch gar nicht sicher war, ob ich das Kind überhaupt behalten wollte.

Nun, er wies den Pathologen an, den Fötus zu untersuchen und ihm eine DNS-Analyse zu geben.

Das muss ich mir aber nicht wirklich antun, dabei zuzusehen, wie mein ungeborenes Kind aus mir rausgeholt wird. Also hefte ich mich doch mal an die Fersen unseres Kommissars und schau mal nach, ob er seiner Arbeit auch gewissenhaft nachgeht. Nun, sein erster Weg führt ihn direkt in meine Wohnung, wo ein Haufen Leute mit Handschuhen und Schutzanzügen gerade damit beschäftigt sind, meine Wohnung auf den Kopf zu stellen. Das geht aber echt zu weit. Ich hab gestern vier Stunden damit verbracht, hier Ordnung zu machen.

Wie ich feststellen muss, ist unser Kommissar auch nur ein Mann, und sein erster Weg führt ihn direkt in mein Schlafzimmer. Wo er, sichtlich beeindruckt von meiner Spielzeugsammlung, damit anfängt, meine Kommode zu durchwühlen. Für meinen Geschmack betrachtet er meine Unterwäsche doch ein wenig zu genau und zu lange. Schließlich ist er hier, um einen Hinweis auf meinen Mörder zu finden.

Allerdings scheint einer der Männer in den Schutzanzügen besser darüber Bescheid zu wissen, wo sich die Hinweise befinden. Er gibt unserem Kommissar gerade meinen Terminplaner.

Nun, damit wird wohl alles ans Licht kommen, was ich die letzte Zeit so getrieben habe.

Bewaffnet mit meinem Terminplaner macht sich unser Kommissar auf den Weg zum Präsidium. Wo schon meine Freundinnen darauf warten, ihre Aussagen zu machen. Das tut mir echt Leid, dass die beiden da mit reingezogen werden. Zumal sie doch gar nichts wissen. Nichts von Bernd und nichts von Jürgen. Für sie war ich eine nette Kollegin und Freundin, die nebenbei ihr Studium machte und die einen lieben Freund hatte, den ich immer als Ausrede vorschob, wenn ich keine Zeit für die beiden hatte, da ich mit Bernd oder Jürgen unterwegs war.

Wie erwartet waren sie vollkommen schockiert, als sie vom Kommissar von meinem Doppelleben erfuhren. Ihre Aussagen deckten sich hundertprozentig. Und sie schilderten es so, wie ich es auch wahrgenommen hatte. Allerdings ließen sie, nachdem sie das alles erfahren hatten, kein gutes Haar mehr an mir. Nun, dass die beiden zu meiner Beerdigung kommen würden, konnte ich wohl hiermit abhaken.

Es kostete unseren Kommissar genau drei Telefonate und schon tauchten Bernd, Jürgen und Jens auf dem Präsidium auf. Zum Glück war er so klug, die Termine möglichst weit auseinander zu legen, damit die drei sich nicht über den Weg laufen konnten.

Aber ich glaube, die Aussagen der drei haben ihn nicht sehr glücklich gemacht. Jens hatte das ganze Wochenende Bereitschaft und war zu dem Zeitpunkt meines Todes gerade auf der Autobahn bei einer Panne. Das ist mit Uhrzeit und Datum und Unterschrift belegt. Ich kenn das. Ich hab ihn oft genug begleitet, wenn er nachts raus musste.

Jürgen war mit seiner Frau zu dem Zeitpunkt in einem Swingerclub. Und auch das ließ sich mit Datum und Uhrzeit belegen, da der Eingangsbereich des Clubs kameraüberwacht ist. Wie sich herausstellte, hat Jürgen, nach dem ganzen Desaster mit mir, mit seiner Frau über seine Wünsche und Bedürfnisse geredet, ihr alles gestanden, und sie haben einen Weg gefunden, wie sie beide daran Spaß haben konnten. Das freut mich wirklich für ihn.

Nun, jetzt denken Sie sicher, dass es ja nur noch Bernd gewesen sein kann. Aber vergessen Sie nicht, dass ich niemanden auf dem Schützenfest gesehen habe, den ich kannte.

Bernd war zu dem Zeitpunkt gerade am Flughafen. Er kam von einer Geschäftsreise wieder, auf die er seine Frau mitgenommen hatte. Dabei wäre ich zu gern mit nach Barcelona geflogen, aber mir hat er erzählt, dass dies wirklich eine Geschäftsreise sei und er kaum Zeit für mich haben würde. Mein Argument, dass ich mir die Zeit auch recht gut beim Shoppen vertreiben könnte, wollte er nicht gelten lassen. Irgendwie komisch, dass ein Mann seine Geliebte anlügt, damit diese nicht erfuhr, dass seine Frau wieder bei ihm war. Dabei war mir das schon vor zwei Wochen klar geworden, als ich ihn anrufen wollte und seine Frau am Apparat hatte und ich daraufhin so getan hatte, als wollte ich eine Telefonumfrage durchführen. Sie hat dankend abgelehnt und wieder aufgelegt. Einfach wieder auflegen oder so tun, als ob ich mich verwählt hätte, wäre zu auffällig gewesen. Und sie würde ihrem Mann ja wohl kaum erzählen, dass jemand angerufen hat, um eine Telefonumfrage zu machen. Hat sie auch nicht, sonst hätte er ja schon längst gewusst, dass ich Bescheid weiß. Sie müssen wissen, dass man bei Bernd nur anrufen kann, wenn man eine von ihm freigegebene Nummer hat.

Kein Callcenter der Welt wäre bei ihm auf die Liste der erwünschten Nummern gekommen.

Also hatten alle ein Alibi, und alle gaben an, dass sie von einer Schwangerschaft nichts wussten. Der Einzige, der positiv auf diese Information reagiert hat, war Jens. Das war auch nicht anders zu erwarten. Man konnte genau sehen, dass so etwas wie Freude in seinen Augen aufblitzte. Und dann war er gleich wieder zu Tode betrübt, als ihm bewusst wurde, dass ich tot war. Ich hab mich nach dem Vorfall an jenem Morgen nicht getraut, mich bei ihm zu melden. Ich bin auch sämtlichen Situationen aus dem Weg gegangen, in denen ich ihm über den Weg hätte laufen können.

Vielleicht hätte ich mich bei ihm melden sollen, vielleicht hätte ich ihn um Verzeihung bitten sollen, aber ich konnte nicht. Ich weiß, Sie vermuten das nicht von mir, aber ich hatte wirklich ein schlechtes Gewissen wegen dem, was ich ihm angetan hatte.

Aber das lässt sich jetzt alles nicht mehr rückgängig machen.

Nun, da sowohl Jürgen als auch Bernd angaben, dass ihre Frauen über mich Bescheid wussten, liefen auch die beiden bald auf dem Präsidium auf.

Jürgens Frau war wirklich sehr hübsch für ihr Alter und sie war wie immer sehr schick angezogen. Sie erzählte dem Kommissar, dass Jürgen ihr nach jenem Abend alles gestanden und ihr versichert hätte, dass er mich nie wiedersehen würde. Und dass sie seitdem auch jede freie Minute gemeinsam verbracht hätten und somit für sie auch feststand, dass er mich verlassen hätte. Und sie gar keinen Grund hätte, einen Groll gegen mich zu hegen, da diese ganze Situation ja schließlich dazu geführt hätte, dass sie und ihr Mann wieder ein fantastisches Verhältnis miteinander hätten, nachdem sie schon an einem Punkt gewesen sei, an dem sie die Scheidung einreichen wollte.

Nun, das war wohl eine Sackgasse. Aber mal ehrlich. Das geht runter wie Öl. Ich hab die beiden wieder zueinander geführt. Zwar eher durch meine Abwesenheit als durch meine Anwesenheit, aber immerhin.

Bernds Frau hingegen war nicht wirklich eine Augenweide. Er hat mir mal erzählt, dass er sie nur geheiratet hätte, da sie eine Menge Geld mit in die Ehe brachte, dass er dringend für den Aufbau der Firma brauchte. Sie war auch zu neunundvierzig Prozent an der Firma beteiligt, deswegen konnte er sie nicht so einfach verlassen. Nun, ich denke, wenn er ein wenig mehr auf sein Geld geachtet hätte, hätte er sehr schnell die restlichen neunundvierzig Prozent kaufen können. Aber so musste er auch das Risiko nicht alleine tragen.

Nun, auch ihre Aussage war sehr freundlich mir gegenüber. Denn nachdem die ganze Sache mit mir ans Tageslicht gekommen war, hatte Bernd ihrem Drängen nachgegeben und einem gemeinsamen Kind zugestimmt. Allerdings wollte es mit der Schwangerschaft noch nicht so recht klappen, aber sie war guter Hoffnung, dass das noch klappen konnte, und ansonsten gab es ja noch andere Möglichkeiten, schwanger zu werden als auf dem herkömmlichen Weg. Nun ja, sie war achtunddreißig, und da wird man nicht mehr so leicht schwanger wie mit zweiundzwanzig.

Dabei fällt mir gerade wieder ein, dass sie ja meinen Terminplaner gelesen hatte. Und wenn sie ihn komplett gelesen hatte, dann wusste sie, dass ich schwanger war. Aber auch sie stritt ab, etwas von der Schwangerschaft zu wissen. Sie hätte damals den Kalender nur oberflächlich durchgeblättert und dabei Übereinstimmung von meinen Terminen mit Bernds Terminen gefunden, und daraufhin hätte sie ihn gleich zur Rede gestellt und ihm das Ding vor die Füße geworfen.

So weit, so gut. Wir haben fünf Verdächtige, aber sind kein Stück weiter. Also ich für meinen Teil weiß nicht, wem ich glauben soll. Scheint, als hätten alle ein Motiv.

Aber wie hat sie oder er es gemacht? Wie kam das Gift in meinen Körper?

Mir scheint, als würde unser Kommissar genau über dieselbe Frage nachdenken.

Ich kann mir nur vorstellen, dass das Gift in der Pizza gewesen sein muss. Aber wann kam es da hinein?

Nun, wissen Sie vielleicht schon, wer mein Mörder oder meine Mörderin ist? Sachdienliche Hinweise nimmt jede Polizeistelle entgegen.

Er greift zum Telefon. Was hat er vor?

Er bestellte meine Freundinnen noch einmal zu sich aufs Präsidium. Aber sie haben doch schon alles gesagt, was sie wussten.

Als Erste holte er Katharina herein. Warum befragt er denn beide getrennt? Was erhofft er sich davon? Sie erzählte noch einmal haargenau das Gleiche wie beim letzten Mal. Sie hatte meine Pizza gehalten und dann musste sie niesen und gab Alexandra die Pizza, und als sie gerade dabei war, sich die Nase zu putzen, kam eine Gruppe Männer, die sehr in ein Gespräch vertieft waren und einer von ihnen rannte Alexandra fast über den Haufen, woraufhin sie sich mit einem der Typen anlegte. Ja, das hatte ich ja auch mitbekommen, wie sie mit dem Typen stritt. Was die anderen in der Zeit gemacht hätten, wollte er wissen. Sie hatte keine Antwort darauf. Sie hätte nicht darauf geachtet.

Dann kam Alexandra an die Reihe. Und er bat sie nicht, noch einmal haargenau zu schildern, was an dem Tag passiert sei, sondern fragte sie nur, wann sie mir das Gift untergeschoben hätten, wenn ich keine Pizza gegessen hätte oder keinen Anruf in dem Moment bekommen hätte.

Was soll das? Warum verdächtigt er meine Freundinnen? Die haben doch mit der ganzen Sache überhaupt nichts zu tun. Sie kannten meinen Lebensstil doch überhaupt nicht. Wenn jemand ein Motiv hat, dann ja wohl Bernds Frau, die eifersüchtig darauf war, dass ich ein Kind bekam, womöglich von ihrem Mann, und sie nicht schwanger werden konnte. Wahrscheinlich war dieser Typ, der Alexandra umgerannt hat, ein Auftragskiller und hat das Gift in dem Moment in die Pizza getan, als er Alexandra umrannte. Ja, genau das wird's sein. Vielleicht sollte unser Kommissar lieber mal sein Wissen über Auftragskiller auffrischen, anstatt meine Freundinnen zu beschuldigen. Das ist ja unglaublich. Wenn ich nicht schon tot wäre, würde ich in diesem Moment bestimmt einen Herzinfarkt bekommen.

Alexandra schwieg.

Warum versucht sie denn nicht, sich zu verteidigen?

Nun ja, das hat sie ja auch gar nicht nötig. Sie hat ja mit der ganzen Sache überhaupt nichts zu tun.

Sie können sich doch sicher auch nicht vorstellen, dass eine meiner Freundinnen oder sogar beide etwas damit zu tun haben. Was denkt er sich dabei? Wie kommt er denn dazu, so etwas zu denken?

Da kommt gerade der Typ rein, der ihm damals in meiner Wohnung den Terminplaner gegeben hat. So ganz ohne Schutzanzug ist der nicht zu verachten.

Ich werd's wohl nie lernen. So etwas hat mir doch den ganzen Ärger erst eingebrockt.

Er gibt ihm einen Zettel. Na, mal schauen, was das ist. Es ist das Ergebnis des Vaterschaftstests. Jetzt bin ich aber mal gespannt.

Ein guter Moment Ihren Buchmacher anzurufen.

Es ist Jens.

Oh Mann, jetzt fängt mein Herz an zu bluten. Ich weiß, das kann es nicht mehr, ich bin ja tot. Das war sinnbildlich gesprochen. Das hätte so schön werden können. Eine kleine glückliche Familie.

Aber genug der Sentimentalitäten. Ich hab immer noch keine Idee, wer hinter dem Ganzen stecken könnte. Und ich fürchte, dass ich für immer hier in dieser Welt rumgeistern muss, wenn das nicht bald aufgeklärt wird.

Kann man als Geist eigentlich verrückt werden?

»Wir mussten ihr einfach einen Denkzettel verpassen.«

Was war das? Was hatte Alexandra da gerade gesagt?

»Es war vor ungefähr drei Wochen, als Katharina Jens in der Stadt getroffen hat und ihn gefragt hat, wie es so geht und er nicht umhin konnte, ihr zu erzählen, dass er mit Melody nicht mehr zusammen sei und dass ein kleiner Blick in ihren Terminplaner uns zeigen würde, wer sie wirklich ist.«

Also jetzt hört's aber auf. Die haben doch nicht wirklich meinen Terminplaner gelesen. Das ist ja wohl die Höhe.

»Ein paar Tage später war Katharina allein in Melodys Wohnung, da Melody noch etwas in der Stadt erledigen wollte, und sie hat ausführlich ihren Kalender studiert. Alle Treffen mit den anderen Kerlen. Wie sie Jens und uns hintergangen hat. Wir haben dann die Nummern der Frauen von Bernd und Jürgen rausgesucht und uns mit denen getroffen.«

Also wenn ich nicht sowieso schon nicht mehr atmen würde, würde mir jetzt glatt die Luft wegbleiben.

»Jürgens Frau war total geschockt, als sie erfuhr, dass er gar nicht mit Melody Schluss gemacht hatte und dass sie schwanger war. Zwar wusste sie nicht, von wem, aber es hätte Jürgens Kind sein können. Sie war es auch, die den Kontakt zu dem russischen Gifthändler hergestellt hat. Dass das so gut wirkt, dass sie stirbt, war ja gar nicht geplant. Wir wollten eigentlich nur dafür sorgen, dass sie ins Krankenhaus kommt, und dann wollten wir uns kollektiv vor ihr Bett stellen und ihr sagen, was wir von ihr halten und dass sie nicht erwarten braucht, dass ihr in dieser Situation auch nur irgendwer beisteht.«

Also jetzt bin ich echt geschockt. Die beiden haben doch gar nichts damit zu tun gehabt. Hätte ihnen doch egal sein können, was ich sonst noch so treibe.

»Was hat Sie auf unsere Spur gebracht?«

»Nur die Tatsache, dass Sie sich an ganz banale Details sehr genau erinnern konnten. Das war so sehr auswendig gelernt.«

Nun, hätten Sie das gedacht? Die haben sich zusammengetan, um mich umzubringen. Ich war die ganze Zeit der Meinung, dass Jürgens Frau hierfür verantwortlich war. Und in Wirklichkeit waren es die vier.

»Welches Gift haben Sie denn von dem Gifthändler bekommen?«

»Fingerhut! Wieso?«

»Sie können gehen. Es wird ein Verfahren gegen Sie eingeleitet werden.«

Aber bin ich nicht an diesem Dichlorsowieso gestorben?

Und wenn jetzt aufgeklärt ist, wer es war, warum bin ich noch hier?

Oh, da kommt der süße Typ von vorhin noch einmal rein. Was hat er denn da? Oh, eine Flache mit der Aufschrift Dichlordiphenyltrichlorethan.

Wo hat er die denn her?

Da kommt noch jemand. Es ist Jens. Oh nein, bitte nicht er.

Sie haben das Fläschchen in seiner Wohnung im Müll gefunden. Und gerade gibt er zu, dass er von dem Anschlag auf mich erfahren hat und sich einfach nur rächen wollte und das Gift, das die Mädels hatten, bei passender Gelegenheit ausgetauscht hat. Er hasst mich und ich hab den Tod verdient.

»Das Kind war von Ihnen.«

Ja, da sagt er nichts mehr. Ich hab dich geliebt, Jens, und du hast mich getötet. Aber du hast das Einzige getötet, was uns hätte wieder zusammenbringen können und was mich vielleicht gerettet hätte.

Und ja, ich hätte allem abgeschworen, um mit dir und nur mit dir ein glückliches Leben zu führen.

Ich fühl mich auf einmal so komisch. Es wird hier so hell. Was ist das?

Melanie Pfannmoeller

Melanie Pfannmoeller wurde 1982 in Nordhausen geboren und lebt heute in Celle. Nach einer Ausbildung zur Industriekauffrau ist sie nun als Sachbearbeiterin im Kundendienst tätig. Neben dem Schreiben singt sie in einem Gospelchor, rudert und engagiert sich im Tierschutz. Ernsthaft zu schreiben begann sie vor einem Jahr nach dem Kauf eines Laptops, damit keine Ausreden mehr galten, den Roman, den sie im Kopf hatte, nicht niederzuschreiben. Dabei reizt es sie vor allem, mit Sprache umzugehen und ihrer Fantasie freien Lauf zu lassen – zwei Fähigkeiten, die sie auch bei ihrem Kurzkrimi »Schützenfestbesuche« unter Beweis stellte.

Kreidezeichnung

Melanie Pohl

*Zwielicht. Die Lichter der Straßenlaternen dringen nicht bis hier herauf.
Die Konturen zerlaufen in Schemen. Wir stehen auf dem Dach der Kreuzkirche – auf dem Turm, hoch genug, um das jämmerliche Leben dieser
Kreatur zu beenden, die winselnd vor mir liegt. Gefesselt, nicht imstande
sich zu bewegen. Der Regen prasselt auf ihren zerschundenen nackten Körper. Widerlich. Ich blicke hinunter. Die Kreidezeichnung auf dem Boden
beginnt vom Regen zu verwischen, doch es wird genug erhalten bleiben,
um diesen lächerlichen Stümpern, die sich Polizei nennen, zu zeigen, was
passiert ist. Sie schnattert. Fleht mich an, sie in Ruhe zu lassen, sie nach
Hause zu lassen. Winselt. Zusammengekrümmt wie ein getretener Hund
liegt sie zu meinen Füßen. Das lange Haar hängt ihr nass in die Stirn. Ein
jämmerlicher Anblick. Ekelhaft. Der Regen nimmt zu. Es wird Zeit, es zu
Ende zu bringen. Ich zwinge sie grob auf die Füße – muss sie festhalten, dass
sie nicht gleich wieder vor Schwäche zusammenbricht –, zwinge sie, in die
Tiefe zu schauen. Ihr Körper zittert unter meinem Griff. Ich beginne ihre
Sachen, die vorher noch ordentlich aufgestapelt neben ihr lagen, vom Dach
hinunterzuwerfen. Der Pullover, die Hose … nicht mehr lange und auch
ihr Körper wird auf dem Pflaster zerschellen … die Strümpfe … ja, schau
nur zu … der BH … ihre Knochen werden splittern wie Glas … sie fängt
an zu keuchen, versucht sich meinem Griff zu entwinden, schreit … dich
wird keiner hören, Püppchen … die Handtasche segelt hinab, der Deckel
öffnet sich und der Inhalt verstreut sich in der Nacht … ich beginne zu
lachen … jetzt ist sie an der Reihe … noch immer versucht sie sich zur
Wehr zu setzen … es wird dir nichts nützen … ein Stoß … ich beginne zu
zählen … einundzwanzig, zweiundzwanzig … ihr Schrei verhallt irgendwo in der Dunkelheit … das hässliche Knacken eines brechenden Körpers
dringt zu mir herauf … Die Leute sagen, ich bin ein Irrer … die Bullen*

sagen, ich bin ein Mörder ... ich bin keines von beiden ... ich bin der, der Gerechtigkeit übt ...

Es war der zweite Mord – in gerade einmal zweiundsiebzig Stunden! Das grenzte schon an Wahnsinn. Und noch immer waren sie mit den Ermittlungen keinen Schritt vorangekommen.

Depner rekapitulierte in Gedanken noch einmal den ersten Mord: Clemenskirche, wohl etwa gegen zwei Uhr morgens, wenn man der Obduktion trauen konnte. Das Opfer war die vierunddreißigjährige, ledige Iv Schläger, wohnhaft in der Schillerstraße 10. Als sie aufgefunden wurde, lag sie nackt und gefesselt mit gebrochenem und misshandeltem Körper auf dem mit Kreide gezeichneten Umriss eines Menschen – nicht in Form und Gestik des Umrisses, wohl aber darin. Ihre Sachen lagen verstreut um ihren zerschmetterten Körper herum und in ihre Hände hatte dieser Irre ein hölzernes Kreuz gezwängt. Neben ihrem Kopf die Ziffer 1.

Nun das zweite Opfer: Charlotte Helmholz, neunundzwanzig, ebenfalls ledig, wohnhaft in der Varenwalderstraße 33, das gleiche Mordritual ... Ritual – Depner schauderte. Wie kam er darauf? Er verscheuchte den Gedanken. Auch diese Frau war auf einem Kreideumriss gefunden worden, der vom nächtlichen Regen zwar reichlich verwaschen, aber noch zu erkennen war – misshandelt und mit vom Sturz zerschmetterten Körper, um den ihre ganzen Habseligkeiten verstreut waren. Statt des Kreuzes hatten sie diesmal jedoch ein Meer aus Früchten gefunden, das um ihren Kopf bereitet war. Trotz des schreckensstarren, ja panisch verzerrten Gesichts wirkte sie in diesem Meer aus Früchten wie eine Königin. Daneben die Ziffer 2. Kommissar Depner riss sich mühsam vom Anblick der Toten los. Wie auch das erste Opfer musste sie zu Lebzeiten eine wahre Schönheit gewesen sein. Jetzt waren ihr Körper und vor allem das Gesicht von Blutergüssen übersäht. Welcher Irre war zu so einer Tat nur fähig?

»Kommissar, die Spurensicherung ist abgeschlossen!« Brink, der ihm seit gestern auf diese Fälle zugeteilt war, überstürzte sich nahezu vor Eifer. Doch schließlich – dachte Depner – kam es nicht oft vor, dass man kurz nach der Polizeischule einem Mordfall zugeteilt wurde.

»Ist gut – ich werde schon zurück ins Präsidium fahren ... und schafft mir diese Leute hier weg ...« Gaffer, dachte Depner abschätzig, während Brink sich eilig daranmachte, den Typen für die Obduktion zu informieren. Depner machte sich nicht allzu große Hoffnungen. Bereits der erste Mord an Iv Schläger hatte nicht viel ergeben. Die Blutergüsse stammten von Misshandlungen, teils durch Schläge mit der Hand oder Tritte, teils war auch zu Hilfsmitteln wie stockähnlichen Gegenständen gegriffen worden. Der Tod schließlich war durch den Sturz von der Kirche eingetreten. Eins. Depner war überzeugt davon, dass auch diese Obduktion nicht mehr Hilfreiches ergeben würde. Zwei. Der Typ zählte. Dieser Mensch war wirklich irre genug, seine Opfer auch noch zu zählen. Dieses musste zwangsläufig darauf schließen, dass die Morde nach irgendeiner Anzahl auch ein Ende hatten – nur wann … Ein Kreuz, Früchte. Zwei Frauen. So schwer Depner diese Erkenntnis traf, dieser Irre hatte ein System. Er war kein einfacher Mörder, der hier und da tötete, wie es ihm gerade Spaß machte. Er verfolgte eine Symbolik und er zählte! So erschütternd dieser Gedanke auch war, so brachte er doch immerhin die Möglichkeit mit sich, das System und die Beweggründe des Mörders zu verstehen und diese zu durchbrechen.

Zweiundsiebzig Stunden – zwei Opfer. Das Kreuz, die Früchte. Sie sind auf dem Holzweg … eine Symbolik – für was denn? Ich bin kein biblischer Rächer, ich bin jemand der Gerechtigkeit offen legt – der diesen Stümpern sogar den Weg weist – er ist zu offensichtlich, sie sehen ihn nicht, aber das ist egal … Die schöne Judith – in ihrem Miniröckchen mit den Lederstiefeln – geradezu anmutig. Blasse Haut – rote Lippen. Widerwärtig!

Die Stadt war mit Autos überfüllt. Depner verfluchte den Verkehr, der mittlerweile völlig zum Erliegen gekommen war. Zum Kriminaldienst musste er quer durch die Innenstadt – Hanomagstraße 11. Von links überholte ihn eine Oma, die mit einem Korb bewaffnet ihr Fahrrad durch die stehenden Autos schlängelte. Depner begann missmutig mit den Fingern aufs Lenkrad zu trommeln. Seine Gedanken begannen wieder abzuschweifen. Zwei Morde – junge Frauen, mit verrückten Symboliken gespickt und beziffert … es schien alles keinen Sinn zu machen. Depner machte sich keine Illusionen, der Mörder würde sich ein weiteres Opfer suchen, und das in nicht allzu ferner Zeit.

Hinter ihm wurde ein Hupkonzert laut. Der Stau hatte sich ein wenig gelöst und ging nun in einen zähflüssigen Verkehr über. Depner legte hastig einen Gang ein und fuhr los. Als er die Polizeistation erreichte, brannte die Sonne bereits unerträglich vom Himmel – da sollten die

Leute noch einmal über einen schlechten Sommer schimpfen. Sein Büro war angenehm kühl. Depner ließ die Jalousien herunter, um die Hitze des Tages auszusperren und schaltete den Computer ein. Nur zehn Minuten später traf auch Brink – schwer beladen mit allem möglichen Zeug – ein. Depner runzelte die Stirn. Allein um die ganzen Sachen zu besorgen, musste er eine halbe Stunde gebraucht haben, und dann noch durch den Verkehr?

Brink balancierte seinen Kaffeebecher auf Depners Schreibtisch, wobei er die Hälfte des Inhaltes zielsicher über die Tischplatte verteilte.

»Verseihung«, nuschelte Brink mit vollem Mund und pustete dabei Brötchenkrümel. Er sah sich hilfesuchend um. Das ganze Zeug in seinen Armen hinderte ihn daran, den Kaffee aufzuwischen, der Schreibtisch war aber so geflutet, dass er die Sachen dort auch nicht platzieren konnte. Depner seufzte ergeben und kramte ein Paket Tempos aus einer Schublade. Kaum war er fertig, knallte Brink die Unterlagen auf den erneut umzukippen drohenden Tisch, was den Kaffeebecher noch einmal in die Luft hüpfen ließ.

»Sie sind ein Grünschnabel, Brink«, raunzte Depner.

»War nischt keine Abschischt«, nuschelte Brink und schluckte den Rest des Brötchens hinunter. »Das sind die Fotos und Berichte der ersten Toten, Iv Schläger, Charlotte Helmholz ist noch in Arbeit …«

»Das finde ich gar nicht komisch«, raunzte Depner. Die Unverfrorenheit dieses Bengels ging ihm allmählich wirklich auf die Nerven. Nicht nur dass der Typ seinen Schreibtisch flutete, nein, er schien dies noch nicht einmal richtig zur Kenntnis zu nehmen und spielte sich stattdessen auch noch weiter auf. Doch gerade als er zu einer weiteren Antwort ansetzen wollte, öffnete ein Beamter die Tür. Depner kannte seinen Namen nicht, hatte ihn aber schon einige Male gesehen.

»Die Fotos von Charlotte Helmholz sind da, der Bericht wird noch ein bisschen dauern …«

Depner wedelte unwirsch mit der Hand und nahm die Fotos in Empfang. Er nickte knapp, und der Beamte sah zu, dass er schnell aus diesem Büro herauskam. Brink allerdings schien von der Anspannung nichts zu bemerken. Er lümmelte auf dem Stuhl vor Depners Schreibtisch und mümmelte an seinem zweiten Brötchen.

Wie er schon befürchtet hatte, gab der Obduktionsbericht nicht den geringsten Hinweis. Sie hatten nichts in der Hand, obwohl alle zehn

Minuten irgendwelche Leute anriefen, die angeblich eine dunkle Gestalt auf den Dächern der Kirchen gesehen haben wollten. Allein schon die Vielzahl an verschiedenen Aussagen, die Depner aufnahm, machte deutlich, dass keiner der Anrufer irgendetwas gesehen hatte. Depner runzelte die Stirn und starrte auf die Zeichnung, die er beim letzten Telefonat gekritzelt hatte. Ganz unbewusst hatten die Beschreibungen der Frau seine Zeichnung beeinflusst, sodass ihn jetzt ein seltsames fledermausartiges Wesen mit Glubschaugen vom Papier her anstarrte. Lächerlich! Depner zerknüllte das Papier und war es einen halben Meter am Mülleimer vorbei. Er blickte auf die Uhr: 1.56. Wieder waren nahezu vierundzwanzig Stunden vergangen, in denen sie keinen Schritt weitergekommen waren. Depner begann allmählich zu verzweifeln – wo sollten sie weitermachen?

11.18 Uhr. Das Telefon schrillte. Depner hob verschlafen den Kopf von der Tischplatte. Sein Rücken schmerzte von der ungewöhnlichen Schlafposition … war er eingeschlafen? Warum hatte ihn niemand geweckt? Sonst kamen doch alle naselang Leute in sein Büro … Das Telefon schrillte erneut. Depner hob ab und meldete sich, dann nickte er knapp und hängte ohne ein weiteres Wort ein. Sie hatten eine Vermisste – Judith Petersen, zweiunddreißig, ledig … vielleicht die erste Spur, die sie seit Tagen hatten.

Der Tag hatte sich zäh in die Länge gezogen. Depner selbst war mit den Beamten mitgefahren und hatte diejenigen befragt, die Judith Petersen zuletzt gesehen haben mochten, hatte Protokolle und Beschreibungen aufgenommen, das Übliche eben, aber sie waren nicht wirklich vorangekommen. Judith war Prostituierte gewesen – Ludwigstraße 19 … Depner begann zu zweifeln, ob die Vermisstenmeldung wirklich etwas mit ihrem irren Mörder zu tun hatte. Gerade in diesem Milieu konnte man auch von anderen Dingen ausgehen …

»Was bist du für einer« murmelte er, als Brink das Zimmer betrat. 21.46 Uhr.

Sie ist eine jämmerliche Hure, sie hat es nicht anders verdient. Sie ist schuld an der ganzen Ungerechtigkeit. Sie besonders. Ihre Sünde ist groß, dafür musste sie büßen …

Depner legte die Fotos der beiden Toten nebeneinander. Beide waren junge Frauen, hübsch, ohne Familie … Wonach suchte er sie aus? Die Frauen sahen sich nicht einmal ähnlich.

»Der reinste Markttag«, kommentierte Brink das Foto von Charlotte Helmholz.

Depner verkniff sich eine bissige Antwort. Der erste Mord in der Clemenskirche, ein Kreuz. Der zweite Mord in der Kreuzkirche, das Obst … wonach ging der Täter vor? War es Zufall, dass der Mörder die Frauen jedes Mal von einer Kirche gestoßen hatte oder konnte der nächste Mord auch von einem anderen hohen Gebäude ausgehen? Ein Kreuz, das Obst … was für eine Symbolik versteckte sich dahinter? Kreuz – Moment! – Kreuzkirche … Was hatte Brink gesagt? Markttag … kein Obst! – Markt! …

»Scheiße«, sagte Depner. Er sah auf die Uhr: 1.53. Es war keine Symbolik … es war bereits der Weg – und sie hatten ihn übersehen. Brink starrte ihn verwirrt an, sah aber zu, dass er mit Depner Schritt halten konnte, der nun im Laufschritt das Büro verließ. Die Polizeistation war um diese Uhrzeit nahezu ausgestorben. Depner sprintete durch die Gänge und stürzte auf den Hof hinaus. Der Nachtwächter blinzelte verschlafen, als auch Brink an ihm vorbeistürzte und sich neben Depner auf den Beifahrersitz fallen ließ. Depner war bereits dabei, in sein Funkgerät zu schreien und gleichzeitig einen Gang hineinzuhauen. Der Motor protestierte, als Depner mit quietschenden Reifen vom Hof jagte und es gleichzeitig auch noch schaffte, das Blaulicht aufs Dach zu knallen. Brink zog endlich erschrocken die Tür zu und legte den Sicherheitsgurt an.

2.03 Uhr. Hoffentlich waren sie nicht zu spät. Der Wagen jagte durch die Innenstadt auf die Marktkirche zu. Warum hatte er es nicht früher gesehen? Das Kreuz in der Clemenskirche, der zweite Mord in der Kreuzkirche – es war ein Wegweiser. So offensichtlich, dass er jedem Trottel aufgefallen wäre … 2.05 Uhr. Brink sog erschrocken die Luft ein, als Depner den Wagen über die Deister Straße fliegen ließ. Gottlob war um diese Zeit nichts mehr los, sodass sie nicht auch noch waghalsige Überholmanöver starten mussten.

»Ähm«, machte Brink.

»Wir haben es die ganze Zeit übersehen!«, schimpfte Depner. »Die Symbole waren keine Symbole, sondern Wegweiser. Der nächste Mord wird in der Marktkirche geschehen. Erinnern Sie sich an den Markttag? Das hat mich auf die Idee gebracht ... hab es nicht gesehen ... keine Zeit mehr! Die Armbanduhren, wir hätten es sehen müssen ... waren schlampig ...«, Depner verhaspelte sich, « ... wird wieder eine umbringen ...«

»Jetzt?«, Brink war entsetzt, hielt es aber für klüger, Depner nicht nach seinen Gedankengängen zu fragen. Eine Diskussion bei diesem Fahrstil konnte böse enden. 2.14 Uhr. Das Auto kam auf dem Vorplatz zur Marktkirche zum Stehen. Depner sprang aus dem Auto und rannte auf die Kirche zu. Der gotische Backsteinbau ragte bedrohlich über ihnen auf. Nichts war von der Schönheit geblieben, die tagsüber so viele Besucher anzog. Ein Bündel tauchte vor ihnen auf.

»Scheiße, scheiße, scheiße«, fluchte Depner und rannte darauf zu, doch seine Befürchtungen wurden Gewissheit, als er auf den nackten Körper blickte, der von Blutergüssen nur so übersät war. Die schreckensstarren Augen blickten angstverzerrt zu ihm auf. Depner ließ sich neben ihr auf das Pflaster sinken – 3. Ihre Sachen lagen wie schon beide Male zuvor um sie verstreut. Ein Minirock, Lederstiefel, eine dünne Leinenbluse zum Knoten – Judith Petersen. Die Vermisste, die er noch am Vormittag auf dem Foto gesehen hatte. Brink übergab sich irgendwo in der Dunkelheit, und in weiter Ferne tauchte endlich das Geheul der Sirenen auf, die vermutlich zu den Beamten gehörten, die Depner versucht hatte über Funk vor einer guten Viertelstunde zu erreichen. Etwas Hartes stach ihn in die Hand. Er hob es auf und betrachtete das zerbrochene Glas auf der Armbanduhr. Die Zeiger waren stehen geblieben: 2.10. Depner schloss entsetzt die Augen – sie hatten vierundzwanzig Stunden.

Die Polizei ist eingetroffen. Offensichtlich hat irgend so ein Trottel doch endlich verstanden. Ich sitze noch immer auf dem Dach der Kirche. Ein neues Opfer. Ich lache leise. Es ist ein glückseliges Lachen; bald ist es vollendet ... wie das Lachen eines Kindes ... nicht mehr lange und die Gerechtigkeit siegt vollends ...

4.23 Uhr. »Er wird wieder zuschlagen«, schrie Depner seinen Chef an. »Morgen Nacht um dieselbe Uhrzeit!«

»Ich bitte Sie, es gibt keinerlei Hinweise, die Ihre Vermutungen bestätigen und ...«

»Es gibt alle naselang Hinweise, wir haben sie nur nicht gesehen. Die Spurensicherung war gründlich, es ist alles da, nur wir waren zu blind!« Seine Stimme überschlug sich. »Die Armbanduhren der Toten, sie sind alle um 2.10 Uhr stehen geblieben, als sie zerbrochen sind! Das kann kein Zufall sein! Mord 1: Clemenskirche, 2.10 Uhr, das Kreuz … zweiundsiebzig Stunden später, dieselbe Zeit, der zweite Mord in der Kreuzkirche, das Obst … achtundvierzig Stunden später der dritte Mord in der Marktkirche, selbe Zeit. Jetzt erzählen Sie mir noch einmal, es gäbe keinen Zusammenhang! Verstehen Sie doch: Er hat ein System … er hat mit dieser Zeitplanung angefangen, er ist irre, aber er muss dieses System einhalten, wenn er seine Überzeugung durchführen will. Er kann es sich nicht leisten, Kompromisse einzugehen, er wird seinen Zeitplan einhalten … Sehen Sie«, fuhr Depner erregt fort, als sein Chef seufzend den Kopf schüttelte. Brink stand mit verschränkten Armen an die Wand gelehnt und unterdrückte ein Gähnen. »Er tötet die Frauen und zählt sie. Er tötet eine gewisse Anzahl, doch sie stehen für alle, ein ganzes Universum sozusagen. Ich weiß nicht, nach was er sie aussucht, vielleicht kennt er sie, vielleicht auch nicht, er tötet sie, weil er etwas mit ihnen verbindet, und er hat ein Ziel, darum zählt er … und er weist den Weg – mit den Symbolen. Möglicherweise ist der nächste Mord der letzte – überlegen Sie! 72, 48, 24 – vielleicht kommt noch die 12, vielleicht auch nicht, aber ein Mord wird ganz sicher noch geschehen – vierundzwanzig Stunden später, morgen Nacht um dieselbe Zeit – und wir müssen ihn verhindern!«

»Sie haben nur diese Stoffserviette und wollen mir allen Ernstes erzählen, dass sich dadurch der nächste Tatort finden lässt – Sie können sich nicht einmal sicher sein, dass sie nicht der Toten gehörte …«

»Mit einem Kreuz drauf?«, unterbrach ihn Brink »Die Tote war Prostituierte.«

»Deshalb kann sie trotzdem gläubig gewesen sein, oder? Und nach was wollen Sie jetzt suchen, Depner, nach der Serviettenkirche?«

»Es gab auch keine Obstkirche, oder?«, entgegnete Depner unwirsch. Warum stand sein Chef ihm so im Wege? Die Hinweise waren so offensichtlich …

»Ich denke, es wird Zeit, den Fall ans LKA zu übergeben. Sie haben bislang immer gute Arbeit geleistet«, beschwichtige sein Chef, als Depner auffahren wollte, »aber Sie müssen einsehen … seit einer Woche bringt irgendein Irrer Frauen um und wir haben nichts, absolut nichts! In ein paar Stunden werde ich anrufen und ihnen den Fall abgeben …«

»Aber so viel Zeit haben wir nicht!«

»Das ist mein letztes Wort!«

10.56 Uhr. Depner und Brink wanderten unschlüssig durch die Marktkirche. Suchten sie am falschen Ort? Aber irgendetwas mussten sie hier finden – wo war die Verbindung? Dass Depner von dem Fall geradezu suspendiert worden war, hielt ihn doch nicht davon ab, weiterzusuchen. Es kam ihm selber verrückt vor, doch die Absichten dieses Menschen sprangen ihn nun nahezu an. Fast glaubte er seine Handlungen nachfühlen zu können. Er musste ein armer Irrer sein, von Frauen abgewiesen. Vielleicht war er ein wenig trottelig, jetzt wollte er sich dafür rächen … seine Art von Gerechtigkeit walten lassen.

14.07 Uhr. Noch zwölf Stunden. Ich gehe hinter ihr her. Die kleine Sabine – jung ist sie, jünger als die anderen. Aber das macht nichts, ich bin nicht prüde … gut angezogen ist sie, als sie aus dem Laden kommt … H&M steht über der Tür … in ihren Augen bin ich nur ein junger Mann … gar nicht mal schlecht aussehend … nur einer unter vielen … nicht der Beachtung wert … Warum nicht? – Ich bin einzigartig!!

15.43 Uhr. Seit Stunden hatten sie die Kirche durchkämmt. Wo sollten sie weitermachen?

16.04 Uhr. Zehn Stunden. Sabine hat sich nicht einmal zur Wehr gesetzt, so überrascht war sie. Sie sitzt auf dem staubigen Boden … direkt unter dem Glockenspiel. In ihren Augen spiegelt sich endlich die Angst.

17.52 Uhr. Neun Stunden. Der Pastor hatte sie bestimmt aus der Kirche komplimentiert. Der Gottesdienst würde gleich beginnen, und da wollte man niemanden haben, der dabei durch die Kirche lief und nach irgendetwas suchte, das ohnehin nicht da war. Am Ausgang plünderten sie den Infoständer und kämpften sich durch die Innenstadt zum Hauptbahnhof. Depner hatte seit dem vorherigen Abend nichts mehr gegessen.

18.27 Uhr. Sabine zittert vor Kälte. Ich habe ihr die Kleider ausgezogen, sie hat sich gewehrt, ich musste sie schlagen, das ist die Strafe, dass sie mich nicht gesehen hat … ich werde mich nicht an ihr vergehen … aber sie wird dafür büßen.

18.33 Uhr. Depner blieb ein Stück Pizza im Hals stecken. Tränen stiegen in seine Augen, als er nach Luft ringend hustete … »Da!«, keuchte er und deutete auf den mittleren Absatz in einem Infoblatt.

Brink schnappte es ihm weg « … zwei bronzene Taufbecken aus dem 15. Jahrhundert, eines stammt aus der Aegidienkirche …«

Die Aegidienkirche! Warum war keiner von ihnen auf die Idee gekommen, den Pastor nach der Serviette zu fragen? Keine Serviette – ein Tauftuch! Depner kramte sein Handy aus der Tasche und wählte die Nummer des LKA.

0.56 Uhr. Eine Stunde. Sie haben die Kirche umstellt. Sind gleich mit einer ganzen Kommission angerückt, aber sie können nichts machen. Ich habe Sabine als Geisel, sie können nicht sicher sein, dass ich ihr nicht schon vorher nichts antue … sie wissen nicht, dass ich das nicht könnte … ich muss mich an die Vorgaben halten, sonst gibt es keine Gerechtigkeit … sie verstehen das nicht … sie glauben, ich bin irre … Sabine zittert, schreit vor Angst … ich muss sie bedrohen … wenn sie wüsste, dass ich ihr nichts tun kann, wäre alles verloren … vielleicht war ich doch zu freigiebig … aber es muss Gerechtigkeit geben … seit Stunden stehen sie da unten. Warten. Es muss zu Ende gebracht werden! Irgendwer schreit etwas – ich verstehe es nicht … ich will Gerechtigkeit. 2.03 Uhr. Es bleiben sieben Minuten.

Vier Minuten. Warum ließ er das Mädchen nicht gehen. Die Kirche war umstellt. Er hatte keine Möglichkeit zu entkommen. Rund um den Turm hatten sie Matten ausgelegt. Wenn er das Mädchen nicht dort oben tötete, würde sie den Sturz zweifellos überleben. So hoch war diese Kirche nicht, selbst ohne die Matten hätte das Mädchen mit etwas Glück eine Chance gehabt, zu überleben – Depner zweifelte, dass er sie schon im Turm töten würde.

Zwei Minuten. Die Kirche ist nicht hoch genug … das habe ich nicht bedacht … Aber sie wurde ausersehen … Er sagte, diese Kirche sollte die letzte sein. Doch die Stimme in meinem Kopf meldet sich nicht mehr … was soll ich tun? Ich kann es nicht zu Ende führen … keine Zeit für eine Kreidezeichnung … soll das Unrecht am Ende doch triumphieren? Dreißig Sekunden. Ein Kampf ist verloren … es gibt keine Möglichkeit, das Ganze zu beenden, doch es wird wieder eine Gelegenheit geben … wenn die Zeit wieder reif ist, vielleicht schon morgen, vielleicht in ferner Zeit. Die Stimme spricht wieder zu mir. Ich habe ihn enttäuscht, doch er will mir beim nächsten Mal noch eine Chance geben – mir, Clemens … Jetzt muss ich sehen, dass ich wegkomme, denn wenn sie mich erwischen, dann ist alles verloren.

Drei Sekunden. Depner hielt den Atem an. Was würde als Nächstes geschehen? Zwei Sekunden – eine Sekunde – 2.10 Uhr. Ein Fenster öffnete sich. Ein junger Mann, vielleicht Mitte dreißig, trat auf das schützende Vordach heraus – Ich knurre leise. Das Mädchen, das er bei sich hatte, hielt er wie einen lebenden Schild schützend vor sich und balancierte auf die Dachkante zu … er wollte fliehen! Das musste bedeuten, dass er Hoffnung hatte, sein Werk ein andermal beenden zu können. Er würde sie nicht töten. Depner blickte in den Nachthimmel hinauf. Das Nebengebäude war nicht allzu weit entfernt und mit dem Baum … es wäre riskant, aber doch zu schaffen.

Ohne Vorwarnung stieß der Mann das Mädchen vom Dach. Sie schrie, wurde von den Matten jedoch aufgefangen und von einem jungen Beamten in Sicherheit gezerrt. Der Moment der Verwirrung reichte aus. Katzengleich verwandelte sich der Mann in einen Schatten und verschwand in der Dunkelheit, bevor irgendjemand auch nur den Gedanken fassen konnte, etwas zu tun.

2.59 Uhr. Diesmal ist es misslungen. Sie haben nach mir gesucht, werden es weiter tun, aber sie werden mich nicht finden … ich werde warten … auf das nächste Mal … es wird eine neue Gelegenheit geben.

Melanie Pohl

Melanie Pohl wurde 1987 in Fürstenfeldbruck, nahe München, geboren. Nach zweimaligem Umzug lebt sie heute mit drei weiteren Geschwistern in Wettmar, spielt in ihrer Freizeit Theater und Saxophon und besucht die 13. Klasse des Gymnasiums Großburgwedel. Ein Lehrer war es auch, der sie nach einem Schulwettbewerb ermutigte, mit ihren Geschichten an weiteren Schreibwettbewerben teilzunehmen – mit Erfolg. Aus der Erzählung einer Freundin, die auf dem evangelischen Kirchentag die Glocken der Aegidienkirche spielen durfte, entwickelte sie ihre spannende Geschichte »Kreidezeichnung«.

Die Dame in Rot
Rebecca Jarosz

Das Jahr 1908 überraschte uns mit einem außergewöhnlich warmen und trockenen Sommer. Wochenlang war nicht eine Wolke am Himmel zu sehen und wann immer man die Möglichkeit hatte, suchte man Schatten auf, um sich ein wenig abzukühlen. Wenn man an den Ufern der Leine in der Stadt spazieren ging, sah man die Knaben schwimmen und spielen – ich wünschte mir manchmal nichts sehnlicher als einer von ihnen zu sein. Mein Mann arbeitete damals noch in der Buchbinderei Sternheim und wir hatten eine kleine Wohnstube in der Roten Reihe, unweit der Marktkirche. Unmittelbar in der Nähe unseres Hauses floss die Leine entlang und man konnte den ganzen Nachmittag über Kinder dort spielen hören.

Den ersten Samstagvormittag im August werde ich nie vergessen. Ich hatte Waschtag und hängte gerade die Betttücher und die weiße Wäsche in dem engen Hinterhof, den wir uns mit den anderen Mietparteien teilten, auf die Leine. Ein warmer Wind war aufgekommen und trug den leicht fauligen Geruch des Wassers mit sich. Ich konnte das rhythmische Trappeln von vielen kleinen Füßen auf der Straße hören, aber irgendetwas stimmte nicht, als ob etwas fehlen würde.

Gerade als ich fertig war und mit dem Korb unter dem Arm wieder ins Haus wollte, hörte ich sie wieder, diesmal begleitet von schwereren, schnellen Schritten in Stiefeln, die über das Kopfsteinpflaster klapperten. Nur wenige Augenblicke später konnte man den schrillen Ton der Trillerpfeife eines Schutzmannes in den Straßen hören. Als ich aus dem Hof heraus auf die Straße trat, kamen aus zwei Nebenstraßen uniformierte Schutzmänner und liefen zur Leine. Neugierig geworden beobachtete ich das Treiben auf der Straße noch eine Weile, aber da ich noch einen Berg Wäsche zu waschen hatte, konnte ich den Männern nicht folgen und ging in die Waschküche zurück. Ich weiß noch, dass ich damals vor

Neugier fast geplatzt wäre, während ich in der Waschküche stand und zwei Oberhemden meines Mannes mit Kernseife bearbeitete.

Am Nachmittag saß ich in der Wohnstube und besserte ein paar wollene Strümpfe aus, als ich Schritte auf der Treppe hörte. Wenig später klopfte es. Mein Mann hatte noch gut zwei Stunden zu arbeiten und ich erwartete keinen Besuch. Um so erstaunter war ich, meine Hauswirtin Frau Schmähling vorzufinden, die krebsrot und keuchend den schmalen Türrahmen ausfüllte.

Normalerweise pflegte sie die Leute in ihre Wohnung ins Erdgeschoss zu bitten, wenn sie etwas von einem wollte, was an ihrer enormen Leibesfülle lag, mit der sie die Stufen in den ersten Stock kaum bewältigte. Ich bat sie herein und bot ihr ein Glas Wasser an, inständig betend, sie möge nicht in meiner Wohnung in ihrer Atemnot ersticken. Ich hatte einige unchristliche Gedanken, da mir die Frau mit ihrer scharfen Zunge und schmuddligen Art schon immer unsympathisch war und nun hechelnd in unserem guten Lehnstuhl saß. Ihr blondes Haar hing ihr strähnig ins Gesicht und sie wischte sich unaufhörlich den Schweiß mit ihrer dicken Hand aus der Stirn. Sie roch ungewaschen und hatte ein billiges Parfüm aufgelegt.

»Sie glauben gar nicht, wie sehr mich die Sache mitnimmt, meine Liebe«, begann sie auch gleich unvermittelt das Gespräch.

Ich wusste nicht, wovon die Rede war, und als ich sie bat, mir den Grund für ihr Kommen zu nennen, starrte sie mich an, als ob ich ihr ein unsittliches Angebot gemacht hätte. Gleich darauf nahm ihr Gesicht einen arroganten Zug an.

»Ich wollte eigentlich gar nicht zu Ihnen, Kind. Die Treppe ist jedes Mal schwieriger zu bewältigen, und ich musste einfach eine kurze Pause einlegen, Sie wissen doch, mein Herz«, hier griff sie mit zitternder Hand an ihren großen Busen und sah mich mit leiderfüllter Miene an, »und mich ein wenig herrichten, bevor der Herr Inspektor kommt. Ich bin schließlich eine wichtige Zeugin.«

Ich ahnte Schreckliches. Zu dem Zeitpunkt wohnte über uns im zweiten Stock der Kriminalinspektor Heinrich Krämer, zu dem mein Mann seit seinem Eintritt im Schützenverein ein freundschaftliches Verhältnis pflegte. Jedes Mal, wenn irgendetwas in der Straße nicht ganz nach Vorschrift verlief, musste Frau Schmähling sich einmischen, und nur allzu oft belästigte sie Heinrich mit Bagatelldelikten, die sie anschließend im ganzen Viertel verbreitete. Frau Schmähling schwieg, und ich erinnerte mich meiner Gastgeberpflichten und bot ihr ein weiteres Glas Wasser an. Offensichtlich wollte sie aber lieber über den neuesten Klatsch berichten und ließ mich gar nicht ausreden.

»Ich habe nämlich gestern Abend beobachtet, wie Friedrich Rausch ermordet wurde.« Zufrieden lehnte sie sich zurück und wartete auf meine Reaktion.

»Friedrich Rausch wurde ermordet?« Diese Frage gab ihr Anlass, einen ganzen Schwall Worte auszuspucken, begleitet von wilden Gesten.

»Man hat ihn heute Vormittag in der Leine gefunden«, sie senkte ihre Stimme zu einem Flüstern und beugte sich vor. Ich lehnte mich daraufhin so unauffällig wie möglich zurück. »Völlig nackt.«

Ich muss einigermaßen schockiert ausgesehen haben, denn anscheinend entsprach mein verdutzter Gesichtsausdruck ihren Vorstellungen.

»Ich hab ja immer gesagt, dass der olle Säufer was auf dem Kerbholz hatte, das war ein richtiger Halunke. Kein Wunder, dass seine Frau ihm eins übergezogen hat. Hätte ich mir auch nicht gefallen lassen, wenn mein Mann jedem Rock hinterherrennen würde, na, dem würde ich was erzählen. Aber dass sie ihn nackt in die Leine wirft? Ich meine, dass gehört sich doch nicht.«

Ich sah sie angewidert an, man spürte richtig, wie sehr sie die ganze Sache genoss. Sie fasste meinen Blick als stumme Zustimmung auf und plapperte munter weiter über den Verstorbenen. Nachdem ich einigen Minuten meinen eigenen Überlegungen nachgegangen hatte, unterbrach ich sie einfach: »Sie haben die Leiche gefunden?« Irgendwie kam ich mir ob meiner Neugier schändlich vor.

»Nein, Kindchen, die Kinder haben sie heute Morgen entdeckt. Ich bin Zeugin des Mordes geworden. Allerdings wusste ich nicht, dass es ein Mord ist. Sonst wäre ich sofort meiner Bürgerpflicht nachgegangen.«

Als ich daran dachte, wie intensiv Frau Schmähling sonst ihrer »Bürgerpflicht« nachging, kam mir die Galle hoch. Ich runzelte die Stirn, während sie weitersprach: »Ich war gestern Abend noch in der Messe und auf dem Nachhauseweg hab ich sie gesehen. Sie hat ihm mit ihrem Gehstock eins auf den Schädel gegeben und er ist zu Boden gegangen. Ich habe mich beeilt weiterzukommen, schließlich will ich mich nicht einmischen.« Ihr boshaftes Gesicht strafte ihre Worte Lügen. Zu gerne hätte sie sich eingemischt. Oder steckte da mehr dahinter?

Mit Erleichterung vernahm ich Schritte auf der Treppe. Ich eilte zur Tür und traf Heinrich Krämer auf der Treppe. Er schien erschöpft.

Schnell erklärte ich ihm den Grund für meinen Überfall, als dieser sich auch schon lautstark bemerkbar machte. Ich bat Heinrich herein und er hörte sich geduldig Frau Schmählings Geschichte an. Ich kochte eine Kanne von dem guten Bohnenkaffee und versuchte nach Möglichkeit nicht allzu neugierig auszusehen. Ich bewunderte Heinrich für seine Selbstbeherrschung, da er Frau Schmähling kein einziges Mal unterbrach und ihr ausgesprochen freundlich begegnete. Ich regte mich im Stillen über ihre herablassende Art auf, und ich bin mir sicher, dass sich ein Teil meiner Gefühle auf meinem Gesicht widerspiegelte. Zum Glück war Frau Schmähling zu sehr von sich eingenommen, um auf mich zu achten. Schließlich verabschiedeten die beiden sich, und Heinrich begleitete Frau Schmähling zum Polizeirevier, um ihre Aussage zu Protokoll zu nehmen.

Beim Abendessen musste ich mich zusammennehmen, als ich meinem Mann davon berichtete. Ich war viel zu aufgeregt, um überhaupt still sitzen zu können, und bezwang mich nur mit Mühe.

»Kannst du nicht mit Heinrich reden? Diese Frau lügt doch schon, wenn sie den Mund aufmacht, das muss ihm doch klar sein!«

Wilhelm hielt einen Moment inne und legte dann den Löffel neben seinen Suppenteller. »Kann ich noch etwas Brot haben, bitte?«

Wortlos reichte ich ihm den Brotteller und wartete, bis er das Brot in die Suppe gebrockt hatte. Er würde mir nicht eher antworten, bis er fertig gegessen und seine Pfeife angezündet hatte, das war seine Art, mir zu zeigen, dass ich mich abreagieren musste. Er mochte nicht mit mir sprechen, wenn ich wütend war. Also übte ich mich in Geduld.

Nach dem Essen, als ich den Tisch abräumte, hatte ich meine Einwände schon fast vergessen.

»Ich glaube nicht, dass ich Heinrich erklären muss, dass Frau Schmähling eine Klatschbase ist. Das weiß Heinrich am besten, wo sie doch immer zu ihm hinrennt.« Wilhelm griff von selbst das Thema wieder auf. Offenbar interessierte ihn der Fall. Er setzte sich wieder an den Küchentisch und stopfte seine Pfeife, die er mit einem Kienspan entzündete.

»Er kann einem schon leidtun. Dauernd kommt sie mit dem neuesten Klatsch zu ihm und denunziert unsere Nachbarn. Man kann nur hoffen nicht ihre Aufmerksamkeit auf sich zu ziehen.« Ich versuchte, einen möglichst gelassen Eindruck zu erwecken. Scheinbar gelang es mir nicht sehr gut.

»Rausch kann einem schon leidtun. Erst wird er entlassen und dann schlägt ihm seine Frau den Schädel ein.« Wilhelm lehnte sich zurück und beobachtete mich. Wollte er mich zu einer Diskussion ermutigen?

»Er wurde doch wegen seiner Trinksucht entlassen«, merkte ich an.

»Er hat seine Kollegen gefährdet. Ich denke, ich hätte ihn ebenfalls entlassen.« Ich spülte das Geschirr und hüllte mich in Schweigen.

»Du hast ja Recht. Aber vielleicht hatte er Gründe zum Trinken.« Er warf mir einen Blick zu, bevor er weitersprach: »Ich denke manchmal auch daran, wenn meine Ehefrau wieder Temperamentsausbrüche hat.«

Ich drehte mich zu ihm um und drohte ihm mit dem Finger. Er zwinkerte und lachte leise. Wilhelm hat ein unglaublich sympathisches Lachen gehabt.

Wir redeten den ganzen Abend davon. Am nächsten Tag ging ich gleich nach der Sonntagspredigt in die Stadt und kaufte eine Zeitung, damit mir wenigstens ein paar weitere Fakten bekannt wären. Der Fund der Leiche stand auf der Titelseite:

»... Der arbeitslose Böttcher Friedrich Rausch wurde am Vormittag des gestrigen Tages mit eingeschlagenem Schädel tot in der Leine gefunden. Man hatte ihn seiner Hosen beraubt. Der Tote wurde zuletzt in seiner Stammkneipe am Abend zuvor gesehen. Zeugenaussagen zufolge habe er sich mit seiner Gattin, Frau Margaretha Rausch, dort aufs Heftigste gestritten. Obwohl der Umstand, dass dem Toten die Hosen fehlen, auf einen Raubmord schließen lässt, ermittelt die Polizei angestrengt im näheren Umfeld des Toten ...«

So lautete der wesentliche Teil des Artikels. Dass Frau Schmähling nicht auf dem Weg in die Messe war, als sie den Streit beobachtete, hatte ich mir schon fast gedacht. Wieder schossen mir ein paar unfeine Gedanken durch den Kopf. Auf dem Heimweg kam ich an der Stelle vorbei, an der man den Toten offenbar entdeckt hatte. Ein paar Bengel lungerten herum und begutachteten die Stelle. Aufmerksam geworden trat ich einen Schritt näher und beobachtete das strömende Wasser. Die Kinder stießen sich an und tuschelten. Ich wandte mich zu ihnen um. Meine Neugier war einfach zu groß.

»Habt ihr den toten Mann gefunden?«, fragte ich unverblümt.

Sie stießen sich wieder an. Ein schmaler Junge mit rostrotem Haar nickte und zeigte beim Grinsen eine breite Zahnlücke, wo seine Schneidezähne hätten sein sollen.

»Es war genau hier. Er war ganz bleich und trieb auf dem Bauch. Hab sein Gesicht nicht gesehen, hab gleich den Schutzmann geholt.« Die anderen nickten zustimmend.

»Er hat keine Hosen angehabt«, piepste ein leises Stimmchen, darauf folgte ein Kichern.

Der rothaarige Junge sah sich wütend nach dem Sprecher um. »Das sagt man doch einer feinen Dame nicht, du Rotzbeutel.«

Beinahe hätte ich gelacht. In meiner Sonntagsbluse mit dem großen Spitzenkragen, dem dunklen Rock und dem neuen Hut musste ich auf die abgerissene Bande wirklich elegant wirken.

»Habt ihr seine Hosen denn nicht gefunden?«

Die Bande schüttelte den Kopf. »Die Polizei hat schon alles abgesucht. Wir haben auch geholfen.« Der Rothaarige strahlte mich an und zeigte wieder seine Zahnlücke. Ich verabschiedete mich und ging weiter an der Leine entlang.

Ich folgte der Strömung, aber meine Suche war vergeblich. Darum überquerte ich eine nahe gelegene Brücke und ging wieder zurück, am Fundort der Leiche vorbei und noch ein Stück weiter. Vielleicht war die Hose, wenn sie ebenfalls im Fluss gelandet war, in der dichten Böschung am Ufer hängen geblieben. Ich folgte dem Fluss noch eine Weile erfolglos. Gerade als ich aufgeben wollte, fiel mein Blick auf ein schwarzes Stück Stoff, das in den Wurzeln einer Weide hing. Sollte ich sie doch gefunden haben? Ich sah mich nach einem Ast um, mit dem ich den Stoff aus dem Fluss angeln konnte. Ich hatte Glück, es war eine Hose und bei einer kurzen, oberflächlichen Betrachtung fand ich die Initialen F R im Bund eingestickt. Ich hielt meinen Fund weit von mir, damit ich meine Sonntagskleider nicht beschmutzte und eilte nach Hause. Zum Glück waren nicht viele Leute unterwegs, sodass mich niemand sah, den ich kannte. Ich muss ziemlich lächerlich ausgesehen haben.

Wilhelm wartete bereits auf mich. Ich hatte schon Angst, dass er schimpfen würde, aber nachdem ich ihm den Artikel in der Zeitung und meinen wertvollen Fund gezeigt hatte, war er genauso begeistert, auch wenn er versuchte, es sich nicht anmerken zu lassen. Gemeinsam warteten wir auf Heinrichs Rückkehr, der offenbar alle Hände voll mit dem Fall zu tun hatte. Er kam erst am späten Abend die Treppe herauf. Wilhelm hörte seine Schritte und war schneller an der Tür als ich.

Heinrich zeigte sich skeptisch. »Diese Hose kann doch jedem gehören. Wir brauchen einen Beweis, dass es sich um Rauschs Hose handelt.«

Als wir ihn auf die Initialen hinwiesen, meinte er, dass das nur ein Indiz sei. Trotzdem sah er sich das Kleidungsstück ganz genau an. In den Taschen fand er einen Zeitungsschnipsel. Er war vom Wasser aufgeweicht und verquollen, aber man konnte noch die Seitenzahl in der rechten oberen Ecke und einen Teil der Überschrift erkennen.

»Ist das nicht der Bericht über den Raubüberfall auf den Juwelier Schöne? Wieso hat er den aufbewahrt?«

Heinrich grübelte. Ich lief in die Küche und zog Wilhelms zweites Paar Schuhe hinter dem Herd hervor. Vor ein paar Tagen hatte es heftig geregnet und ich hatte die Schuhe zum Trocknen dort hingestellt. Außerdem hatte ich Zeitungspapier hineingestopft. Schnell wurde ich fündig.

»Ich hab ihn!« Ich war so aufgeregt, dass sich meine Stimme überschlug. »Das ist er, hier.« Ich reichte den Männern den Bericht. Ich konnte mich noch gut daran erinnern:

»… Heute in den frühen Morgenstunden wurde das Geschäft des ehrbaren jüdischen Juweliers Schöne überfallen. Der Täter hatte die Tür gewaltsam mit einer Brechstange geöffnet. Ein Zeuge beschreibt ihn als unwahrscheinlich groß, konnte aber aufgrund der Dunkelheit keine weiteren Angaben machen. Der Täter ist ohne Beute geflohen und hat sein Einbruchswerkzeug am Tatort zurückgelassen …«

Warum hatte Rausch diesen Bericht bei sich? Hatte das was mit seinem Tod zu tun? War er etwa der geheimnisvolle Täter? Als ich Heinrich diese Möglichkeit aufzeigte, winkte er ab. Rausch war relativ klein gewesen. Allerdings meinte er sich zu erinnern, dass Rausch der Zeuge war, der die Tat beobachtet und seine Aussage zu Protokoll gegeben hatte. Wahrscheinlich hatte er sich mit dem Zeitungsartikel brüsten wollen. Enttäuscht wandte ich mich ab. Meine Stimmung besserte sich erst, als Heinrich erzählte, dass Frau Schmähling in ihrer Zeugenaussage gelogen hatte. Sie hatte zugegeben, dass sie bewusst Lügen verbreitet hatte, weil sie Margaretha Rausch nicht leiden konnte und ihr eins auswischen wollte. Sie hatte Margaretha und Friedrich Rausch an dem Abend in der Kneipe streiten sehen und den Rest dazugedichtet. Ich hätte Margaretha so eine Tat gar nicht zugetraut.

Am nächsten Tag hielt ich es nicht mehr aus. Obwohl ich viel im Haushalt zu tun hatte, machte ich mich auf den Weg zu Margaretha Rausch. Sie wohnte nur ein paar Straßen weiter, und wahrscheinlich würde sie sowieso nicht mit mir sprechen wollen, versuchte ich mein schlechtes Gewissen zu beruhigen. Ich hatte sie nur ein paar Mal in der

Kirche getroffen und kam mir ziemlich anmaßend vor, als ich an ihre Tür klopfte. Sie hatte ein verweintes Gesicht, und als ich ihr mein Beileid aussprach, brach sie in Tränen aus und bat mich herein. Sie führte mich in ein schäbiges Wohnzimmer, in dem nur ein paar spärliche Möbel standen. Der Teppich war abgetreten und die Rosshaarfüllung des einst stattlichen Sofas quoll aus den Ritzen hervor. Im Raum war es düster und heiß wie in einem Backofen. Ich wollte nicht um ein Glas Wasser bitten. Margaretha hatte sich wieder gefasst und schniefte in ein Taschentuch. Als ich ihr meine Hilfe anbot, begann sie wieder zu weinen, leiser diesmal. Ich hielt ihre Hand und kam mir feige vor. Während sie sich ihre Sorgen von der Seele redete, hatte ich immer mehr den Eindruck, dass sie nicht für den Tod ihres Mannes verantwortlich war. Sie litt unter den Verdächtigungen der Polizei und der Nachbarn und trotz seiner Fehler hatte sie ihren Mann geliebt. Als ich mich verabschiedete, war ich von ihrer Unschuld restlos überzeugt.

Ich konzentrierte mich nun auf das Rätsel, das mir der Zeitungsartikel aufgab. Die Lösung musste dort sein. Ich hatte das Gefühl, dass sie vor meiner Nase war und ich nur danach greifen musste. Stundenlang dachte ich nach, dann machte ich mich auf und verließ die Wohnung. Mein Ziel war das Geschäft des Juweliers Schöne.

Ich wurde höflich empfangen und kühl gemustert. Schöne erinnerte mit seinem schwarzen Anzug und dem hohen Kragen an einen Raben. Argwöhnisch beobachtete er mich, wie ich bemüht unauffällig eine goldene Taschenuhr betrachtete. Sicher würde er gleich danach picken. Ich sah offenbar nicht nach einer potenziellen Kundin aus. Während ich noch hin und her überlegte und dabei die Auslagen betrachtete, fiel mein Blick auf eine kahle Stelle an der Wand. Verwundert fragte ich den Juwelier danach.

»Dort hing ein Bild, die *Dame in Rot* von Sacharin. Sehr geschmackvoll. Leider hat der Täter bei dem Überfall letzten Monat das Bild gestohlen. Dabei ist es völlig wertlos.«

Ich versuchte meine Überraschung zu verbergen. »Wurde denn noch etwas gestohlen?«, fragte ich ihn.

»Nein, meine Dame, nachts haben wir ja alles in einem Geldschrank im Hinterzimmer eingeschlossen. Den hat der Täter gar nicht angerührt.« Er ging auf eine Vitrine zu, bemüht das Thema zu wechseln. »Darf ich Ihnen vielleicht einige unserer Kameen zeigen? Sehr geschmackvoll. Oder suchen Sie etwas Bestimmtes?«

Ich flunkerte und ließ mir einige silberne Krawattennadeln zeigen. Einige waren wirklich »geschmackvoll« und hätten Wilhelm sicher gefallen. Doch ich tat desinteressiert und verabschiedete mich schnell. Draußen auf der Straße verfiel ich wieder ins Grübeln. Ich war müde und hatte Lust auf eine Tasse Kaffee, also suchte ich eine Gaststätte auf.

Meine Schritte lenkten mich zu der Kneipe, in der Rausch immer getrunken hatte. Vielleicht bekam ich noch ein paar Informationen. Die Kneipe war natürlich so früh am Nachmittag wie ausgestorben und außer einem kleinen alten Männlein in der Ecke neben der Tür war ich der einzige Gast. Es war dunkel und roch nach kaltem Pfeifenrauch und Bier. Ich setzte mich an einen der klapprigen Tische, bestellte eine Kanne Kaffee und wartete. Das Männlein war unsicher aufgestanden und tastete nach seinem Stock. Dieser fiel klappernd zu Boden. Dem Mann fehlte der linke Unterschenkel. Schnell sprang ich auf und eilte ihm zu Hilfe. Dankbar lächelte er mich schief an. Er war unglaublich alt, aber sein Geist war wach und seine Augen flink.

»Danke, danke, Mädchen, du solltest nicht in so einer Kneipe sein. Ist kein Ort für junge Damen.« Er hustete trocken und schob sich langsam vorwärts. Er setzte sich an den Tisch, an dem ich gesessen hatte, und schob mir einen Stuhl zurecht. Ich setzte mich. »Also?«

Er wartete. Ich blieb stumm. Nach einer Weile kam der Kaffee und ich bestellte noch eine Tasse. Als der Wirt mit der zweiten Tasse zurück war, schenkte ich ihm ein und begann. Ich hatte die Zeit genutzt, um mir eine Geschichte zu überlegen.

»Ich suche meinen Vetter ersten Grades, Kurt. Er ist ziemlich groß, ein Riese.« Unentschlossen nahm ich einen Schluck. Er trank nichts. Also sprach ich weiter. »Er ist ein ziemlicher Halunke und soll öfter hier sein. Ich wäre ja nicht gekommen, aber seine Mutter liegt im Sterben und will ihn noch mal sehen.« Das war die größte Lüge meines Lebens. Aber es funktionierte.

»Ich sitze jeden Tag dort in der Ecke. Kann ja nicht mehr arbeiten, mit dem Bein.« Er trank seine Tasse in einem Zug aus. »Hier gibt's nicht viele Riesen. Bloß Karl, der kommt öfter, aber der hat keine Base. Der hat nicht mal ne Mutter. Der ist der Hölle entsprungen, sag ich dir.« Ich lachte, doch der alte Mann blieb ernst. »So, Mädchen, warum fragst du nach Karl?«

Ich betrachtete ihn forschend. Er hatte meine Lüge durchschaut. Wütend biss ich mir auf die Zunge. »Ich suche einen großen Mann in

Zusammenhang mit der Leiche, die gestern in der Leine gefunden wurde. Ein gewisser Friedrich Rausch.«

Der alte Mann sah mich lange an. Dann räusperte er sich. »Friedrich war oft hier. Hat oft mit Karl gezecht.«

Meine Theorie hatte sich bestätigt. Ich nickte. »Wenn du nichts über unser Gespräch sagen würdest, wäre ich sehr dankbar.«

Er blinzelte. »Halt dich besser da raus, Mädchen, das nimmt sonst ein böses Ende!«

Ich bedankte mich bei dem Alten, bezahlte und ging. Als ich das Gasthaus verließ, trat gerade ein Hüne ein, der einen Wust schwarzer Locken auf dem Kopf hatte. In seinen Augen funkelte es und um seinen Mund lag ein harter Zug. Ich hatte Karl gefunden.

Wilhelm sagte ich nicht, wo ich überall gewesen war. Ich kam kurz vor ihm an und hatte gerade noch Zeit, das Abendessen zuzubereiten. Ich erzählte ihm nur von Margaretha und dass ich sie für unschuldig hielt. Er schimpfte mit mir wegen meiner Neugierde. Trotzdem lauschte er interessiert meinem Bericht. Von Heinrich sahen und hörten wir den ganzen Abend nichts.

Am nächsten Tag, als Wilhelm zur Arbeit gegangen war, brach ich auf. Ich nahm eine Kutsche und fuhr direkt in die Universitätsbibliothek. Die Fahrt war teuer und ich würde zu Fuß zurückgehen müssen. Aber ich wollte nicht müde, verschwitzt und staubig in der Bibliothek ankommen. Obwohl der Besuch nur Studenten gestattet war, konnte ich den Pförtner überreden, mich einzulassen. Lange stöberte ich in den Regalreihen, bis ich die Bücher über Kunst gefunden hatte. Aber ich konnte weder Sacharin noch die »Dame in Rot« finden. Ich war mit meinem Latein am Ende. Die Fahrt mit der Kutsche hatte meinen Geldbeutel strapaziert und war völlig umsonst gewesen.

Doch ich wollte nicht aufgeben. Ich ging noch einmal zu dem Juwelier. Er wirkte erstaunt, mich so bald wiederzusehen. »Womit kann ich dienen?« Er war keine Spur freundlicher als tags zuvor.

Ich bediente mich einer weiteren Lüge. »Ich studiere Kunst, und als Sie gestern Sacharin erwähnten, fiel mir auf, dass ich von dem Maler noch nichts gehört habe. Ich wurde neugierig, aber meine Recherchen waren erfolglos. Vielleicht können Sie mir helfen?« Ich lächelte mein strahlendstes Lächeln. Meine Kühnheit wurde augenblicklich belohnt. Ich hatte genau ins Schwarze getroffen. Schöne entspannte sich sichtlich und begann von dem Maler und seiner Epoche zu schwärmen. Anscheinend war der völlig unbekannt und seine Bilder äußerst »geschmackvoll«. Aber leider fast wertlos.

»Es ist so schade, dass das Bild gestohlen wurde. Ich hätte es gerne gesehen.« Ich legte eine Pause ein und machte ein betont trauriges Gesicht.

Schöne fuhr sich mit der Hand über die Stirn. »Ich hatte das Gemälde gerade erst erstanden. Ein wahrer Glücksgriff. Es ist eine Schande!«

Ich gab ihm Recht. »Darf man fragen, wo man einen Sacharin erwerben kann? Ich würde doch zu gerne einmal einen sehen.« Wieder lächelte ich, diesmal ein wenig bekümmert. Vielleicht hätte ich zum Theater gehen sollen. Schöne gab mir die Adresse einer Frau Bleich, die ihm vor Kurzem den Sacharin verkauft hatte. Sie war Witwe und hätte noch mehr Bilder, die ihrem Sohn gehört hatten und die sie nun veräußern wollte. Sie waren allesamt nicht viel wert, aber die »Dame in Rot« sei ein wahres Juwel gewesen. Darum hatte er sie im Geschäft ausgestellt.

Ich suchte augenblicklich diese Witwe auf, obwohl ich wieder eine Droschke nehmen musste und nun fast gar kein Geld mehr hatte. Sie lebte in einem kleinen Haus am Stadtrand. Eine mürrisch dreinblickende Angestellte führte mich durch das gediegen eingerichtete Haus in den Garten. Dieser war weitläufig und hübsch angelegt, durch eine Pforte auf der Rückseite gelangte man in ein schmales Gässchen. Frau Bleich saß in einem Liegestuhl auf dem Rasen und machte auf mich einen sehr einsamen Eindruck. Sie könne aus gesundheitlichen Gründen das Haus nicht mehr verlassen. Lange redete sie auf mich ein, bot mir Kaffee und unglaublich süßes Gebäck an und verkaufte mir schließlich einen Sacharin, den »Tag am Meer«, zu einem Schleuderpreis. Offensichtlich waren die Bilder wirklich nicht viel wert, aber sie sahen allesamt recht nett aus. Die Farben waren kräftig und frisch und würden bestimmt gut über unser Sofa passen. Ihr Sohn hatte sie aus Kopenhagen mitgebracht, kurz bevor er von einer Droschke überrollt wurde und starb. Leider fand ich nicht heraus, warum jemand einen Sacharin stehlen sollte.

An diesem Nachmittag, als ich endlich zu Hause war, hatte ich viel nachzudenken. Schließlich legte ich die Hausarbeit beiseite und widmete mich der Zeitung, die ich tags zuvor gekauft hatte. Doch auch das verschaffte mir keine Ablenkung. Also machte ich mich nochmals auf und besuchte erneut Margaretha. Die Polizei hatte offensichtlich jemand anderen in Verdacht und Margaretha wirkte richtig erleichtert, wenn auch immer noch traurig.

Vorsichtig versuchte ich sie auszufragen. »Kannst du dir vorstellen, wer das getan haben könnte?«

Sie seufzte. »Du weißt gar nicht, wie oft ich mich das schon gefragt habe. Aber es gab Seiten an Friedrich, die ich auch nach all den Jahren nie zu Gesicht gekriegt habe.« Sie senkte ihre Stimme zu einem Flüstern. »Weißt du, manchmal hatte ich ihn in Verdacht, etwas Ungesetzliches zu tun. Mit den Leuten, mit denen er sich getroffen hat. Aber er hat nie etwas gesagt. Und ich wollte nicht fragen, wo das Geld herkam, dass er ab und an nach Hause brachte, wenn er es nicht gleich alles versoff.« Sie rieb sich müde die Augen. »Wir haben so viele Schulden. Ich weiß nicht, wie ich das schaffen soll.«

An diesem Abend überredete ich Wilhelm, das Bild aufzuhängen. Je länger ich es betrachtete, um so mehr mochte ich es. Bloß der Rahmen wirkte billig und viel zu wuchtig. Außerdem war er ein Stück zu groß. Jemand hatte ihn mit brauner Farbe angemalt. Ich würde ihn gegen einen schmaleren Rahmen austauschen, sobald es mit unserer Haushaltskasse wieder etwas besser stünde. Während ich stolz das Bild betrachtete, schlug Wilhelm einen Nagel in die Wand.

»Hoffentlich hält das auch. Der Rahmen ist ganz schön schwer.«

Ich trat näher und reichte ihm das Bild.

»Wir können ihn ja austauschen. Er ist nicht besonders schön.«

Schließlich hing das Bild, und ich hatte den Eindruck, dass das kleine Zimmer entschieden an Atmosphäre gewonnen hatte.

Während des Abendessens kamen wir noch mal auf Rausch zu sprechen. Ich äußerte meine Sorge über Margaretha, denn ich hatte sie inzwischen wirklich gern. Wilhelm löffelte still seine Graupensuppe. Ich wusste, dass er mir sagen wollte, dass ich meine Nase nicht in fremder Leute Angelegenheiten stecken sollte. Wir aßen beide schweigend, bis es an der Tür klopfte.

»Wer kann das sein?«

Wilhelm stand auf und ging zur Tür. Heinrich war gekommen, um mit Wilhelm den Ausflug des Schützenvereins am Sonntag zu besprechen. Ich ging in die Küche und holte noch einen Teller. Ich freute mich über die unerwartete Gesellschaft, hoffte ich doch, noch ein paar Informationen aus erster Hand zu erhalten. Ich ahnte ja nicht, dass die Lösung des Falls kurz bevorstand!

Ich versuchte also geschickt das Tischgespräch auf das Thema zu lenken, das mir unter den Nägeln brannte, als plötzlich aus dem Wohnzimmer ein lautes Krachen zu vernehmen war. Wir eilten hin und fanden die Wand leer vor und das Bild hinter dem Sofa. Mühsam zog ich es hervor und wischte eine Spinnwebe weg.

»Ich dachte mir, dass es zu schwer ist.«

Wilhelm stand wütend vor dem Sofa und betrachtete das Loch in der Wand, das der Nagel hinterlassen hatte. Ich prüfte das Bild auf Schäden. Der Rahmen hatte einen Kratzer. Darunter erregte ein Funkeln meine Aufmerksamkeit. Ich nahm das Bild mit in die Küche, räumte den Tisch ab und legte es darauf. Dann zog ich die Petroleumlampe näher heran. Ich hatte richtig gesehen, unter der braunen Farbe glitzerte es.

Wilhelm war wütend, er wollte weiteressen. »Was machst du denn, das Bild ist doch ganz. Räum es jetzt weg.«

Ich ignorierte ihn. Er hätte mir ja doch nicht zugehört. Erregt griff ich nach dem Brotmesser und kratzte die Farbe vom Rahmen. Die Männer beobachteten mich immer interessierter. Schließlich hatte ich ein Stück Farbe abgekratzt. Der Kern des Rahmens glänzte golden. Ich hatte in meinem Leben nie viel besessen und nun lag ein Schatz vor mir. Der Rahmen des Sacharin war aus purem Gold.

Nun hatte ich einen konkreten Verdacht. Ich erzählte den Männern von meinen Nachforschungen und musste genau berichten, wie ich das Bild erstanden hatte. Heinrich wanderte im Raum auf und ab. Während meines Berichts hatte er geschwiegen, und nun warf er einen Blick auf die hohe Standuhr, die wir von Wilhelms Eltern zur Hochzeit geschenkt bekommen hatten.

»Ich sollte sofort zu der alten Dame gehen und mit ihr sprechen. Wenn ihr Sohn die Bilder aus Kopenhagen hatte, dann haben wir hier vielleicht das gestohlene Gold aus der königlichen Schatzkammer vor uns liegen. Die haben das Gold eingeschmolzen.«

Dunkel meinte ich mich zu erinnern, von dem Raub gehört zu haben. Vor drei Monaten waren Diebe in die königliche Schatzkammer Dänemarks eingebrochen und hatten mehrere Barren Gold gestohlen. Der Fall war immer noch nicht geklärt, und es gab keinen Hinweis auf die Täter.

»Das erklärt auf jeden Fall, warum Karl beim Juwelier Schöne nur das Bild gestohlen hat.«

Die Männer wirkten erstaunt. »Karl?«

Ich hätte zu einer weitschweifigen Erklärung ausholen müssen, aber die Zeit drängte.

»Wenn das hier das Gold aus der Schatzkammer ist, wo sind dann die restlichen vier Kilogramm? Dieser Rahmen ist schwer, aber er wiegt sicher nicht mehr als zwei Kilo. Wenn ich mich recht erinnere, sind mehr als sechs Kilo Gold gestohlen worden.«

Wilhelm schien verwirrt, aber Heinrich reagierte prompt. »Ein Rahmen á zwei Kilo macht bei sechs Kilo drei Rahmen. Wenn wir ein Bild haben und der Juwelier ein zweites hatte …«

»Welches gestohlen wurde«, warf ich aufgeregt ein.

»… dann muss ein Bild noch bei der alten Dame sein. Ich darf keine Zeit verlieren.«

Er war schon auf dem Weg zur Tür.

»Halt!« Ich rannte hinterher. »Ich zeig dir den Weg. Wir brauchen eine Kutsche.«

Wilhelm folgte mir auf dem Fuß.

Heinrich blieb stehen. »Kommt gar nicht in Frage. Ich geh allein.«

Ich war wütend. Schließlich hatte ich die Denkarbeit geleistet und nun wollte ich dabei bleiben. Seltsamerweise schlug Wilhelm sich auf meine Seite.

»Wenn der Kerl da heute Nacht einbricht, wirst du Verstärkung brauchen. Und wenn du glaubst, dass wir hier bleiben, dann irrst du dich.« Er wirkte so entschlossen, dass ich insgeheim stolz war, so einen mutigen Mann zu haben.

Ich schlüpfte in meine Schuhe und griff mir meinen Schirm, dann eilten wir auch schon die Treppe herunter. Heinrich hatte seine Dienstwaffe bei sich und während der Fahrt erläuterte ich den beiden meine Theorie.

»Ich glaube, dass Bleich und Karl gemeinsam das Gold gestohlen haben, und um es über die Grenze zu bringen, haben sie es eingeschmolzen und Rahmen daraus gemacht. Bleich hat die Bilder nach Hannover gebracht, aber bevor er das Gold veräußern konnte, wurde er überfahren und seine Mutter, die keine Ahnung hatte, verkaufte die *Dame in Rot* an diesen Juwelier. Karl muss das Bild dort gesehen haben. Wahrscheinlich sucht er bereits nach den anderen beiden Bildern.« Ich war aufgeregt und meine Handflächen begannen zu schwitzen.

Heinrich lehnte sich zurück. »Das klingt ja ganz plausibel, aber woher weißt du von diesem Karl?«

Ich lächelte. »Ich bin davon ausgegangen, dass der Zeitungsausschnitt etwas zu bedeuten hatte. Es war die einzige Spur, die ich hatte. Also bin ich zu dem Juwelier gegangen und habe mich unauffällig umgesehen. Und als er mir von dem Bild erzählte, wurde ich neugierig. Warum stiehlt jemand ein wertloses Gemälde? Der Rest ist einfach. Rausch muss Karl erkannt haben und hat ihn erpresst. Und da hat er ihn erschlagen.« Ich war zugegeben ziemlich stolz auf mich in dem Moment.

»Wir brauchen nur noch einen Beweis. Dazu müssen wir Karl auf frischer Tat ertappen. Wenn er versucht, der alten Frau Bleich das Bild abzukaufen, haben wir nichts gegen ihn in der Hand. Ein Bild zu kaufen ist nicht illegal und er hat bei dem Mord keine Spuren hinterlassen.« Heinrich dämpfte meine Begeisterung mit dieser Prognose ziemlich. Den kurzen Rest der Fahrt verbrachten wir schweigend.

Das Haus der alten Dame lag in völliger Dunkelheit. Eine hohe Hecke begrenzte den Garten, aber dank meines ersten Besuchs wusste ich von der kleinen Gartenpforte, und so schlichen sich die Männer auf das Grundstück und legten sich hinter ein paar hohen Büschen auf die Lauer. Ich sollte den Eingang zum Garten von der Kutsche aus im Auge behalten.

Wir mussten lange warten. Ich starrte so intensiv in den dunklen Garten, dass meine Augen zu tränen begannen. Irgendwann merkte ich, dass ich schläfrig wurde. Die Wärme des Tages hing noch in den Straßen und legte sich wie eine warme Decke um die schlafenden Häuser. Gerade als sich eine Wolke vor den Mond schob und mir das Licht nahm, glaubte ich eine Bewegung gesehen zu haben. Dann konnte ich nichts mehr erkennen.

Ich war jetzt wieder hellwach. Langsam zog die Wolke weiter und ich konnte endlich wieder sehen. Gerade machte sich eine riesige Gestalt an einem der Fenster zu schaffen. Gespannt beobachtete ich das Treiben. In dem Moment, wo der Schatten sich am Fensterbrett hochzog und gerade im Haus verschwinden wollte, hörte ich Heinrichs Stimme aus den Büschen.

»Stehen bleiben! Polizei!«

Die Gestalt sprang wieder zu Boden und rannte los. Ein zweiter Schatten löste sich aus der Dunkelheit und folgte ihr. Als er den flüchtenden Mann einholte, wirbelte dieser herum und die beiden gerieten in ein Handgemenge. Im Haus gingen die Lichter an, und ich konnte eine weitere Gestalt erkennen, die aus dem Gebüsch kam und auf die beiden

Kämpfenden zusteuerte. Doch bevor der Dritte die beiden erreichte, löste sich eine der beiden Gestalten und schlug die andere zu Boden. Dann rannte sie auf die Gartenpforte zu. Ohne zu zögern, verließ ich die Kutsche. Ich weiß nicht, warum ich das in dem Moment tat, aber ich hatte keine Angst. Ich lief geduckt zu dem Gartentor und stellte mich daneben auf. Gerade als die flüchtende Gestalt die Tür öffnete und in die Gasse stürmte, schob ich meinen Regenschirm vor. Der geriet dem Flüchtenden zwischen die Beine, sodass er stolperte und hinfiel. Bevor er sich aufrappeln konnte, waren mein Mann und Heinrich zur Stelle und er wurde festgenommen. Wir kehrten zum Haus zurück, wo jetzt alle in heller Aufregung waren.

Während wir auf das Eintreffen weiterer Polizeibeamter warteten, die den Gefangenen auf das Polizeirevier bringen würden, führte Heinrich zu meinem Vergnügen bereits eine kurze Vernehmung durch. Unser Gefangener hieß Karl Ebertsson und war Däne. Er hatte den Raub mit Bleich verübt, wie wir vermutet hatten. Jetzt, wo er gefasst worden war, redete er wie ein Buch. Er gestand sogar den Mord an Friedrich Rausch, obwohl man nichts gegen ihn deswegen in der Hand hatte.

Anscheinend war Bleich der Kopf der beiden gewesen. Er hatte den Plan erdacht und mit Karl als seinem Handlanger ausgeführt. Dann hatte er sich mit den Bildern abgesetzt. Karl hatte mehrere Wochen gebraucht, um Bleich zu finden. Als er in Hannover ankam, musste er feststellen, dass Bleich von der Droschke überrollt worden und gestorben war, bevor er das Gold wieder einschmelzen und versetzen konnte. Das Bild der »Dame in Rot« hatte Karl zufällig entdeckt, als er den Juwelier um seine Schmuckstücke erleichtern wollte. Friedrich Rausch hatte den Raub beobachtet und wollte Karl erpressen.

Heinrich ging im Wohnzimmer der alten Dame auf und ab. Diese verfolgte das Geschehen fasziniert, nachdem sie sich von einer erstaunlich kurzen Ohnmacht ebenso schnell wieder erholt hatte. Karl redete und redete. Als er geendet hatte, blieb Heinrich stehen.

»Eins versteh ich nicht, Ebertsson. Warum haben Sie Friedrich Rausch die Hosen ausgezogen?«

Karl blickte betreten zu Boden. Dann sah er erst mich an und dann Frau Bleich.

»Ich hielt das in dem Moment für eine gute Idee. Ich dachte, ich lass es so aussehen, als hätte ihm wer die Hosen geklaut. Wollte Verwirrung stiften.«

Nach Karls Verhaftung fand man das gestohlene Bild samt Rahmen in seinem kleinen Mansardenzimmer in der Innenstadt. Das dritte Bild befand sich noch im Haus der alten Dame und so konnte das gesamte Gold der Dänischen Krone zurückgegeben werden. Die Lösung des Falles sorgte in ganz Deutschland für Schlagzeilen, aber nach einer Woche war alles längst vergessen.

In diesem Sommer geschah nicht mehr viel, das für mich ähnlich aufregend war. Heinrich und Wilhelm verfolgten gespannt die Olympischen Spiele im Radio, das wir uns von dem Finderlohn gekauft hatten, aber ich machte mir nicht viel daraus. Ich betrachtete lieber den »Tag am Meer«, den wir neu gerahmt hatten und der bis heute bei mir in der Wohnstube hängt.

Rebecca Jarosz

Rebecca Jarosz wurde 1984 in Hannover geboren, und hat im Herbst 2005 ihre Heimatstadt verlassen, um ein Philosophie-Studium in Zürich zu beginnen. Ihre Lust am Schreiben zeigte sich schon früh: Sie schreibt, wie sie sagt, schon seit sie schreiben kann und entdeckte ihre Leidenschaft für Bücher bereits beim ersten Besuch einer Bücherei. Ihre Geschichte »Die Dame in Rot« entstand in einer Nacht, als sie nicht schlafen konnte und sich störungslos sich selbst und der Geschichte überließ.